読本

今野 敏 著・監修

ハルキ文庫

角川春樹事務所

安積班読本■目次

インタビュー　南部　洋一
ライター　佐藤むつみ
　　　　　梅下かおり
本文デザイン　スズキ潤一

安積班読本

今野敏著・監修

「安積班シリーズ」東京湾岸マップ

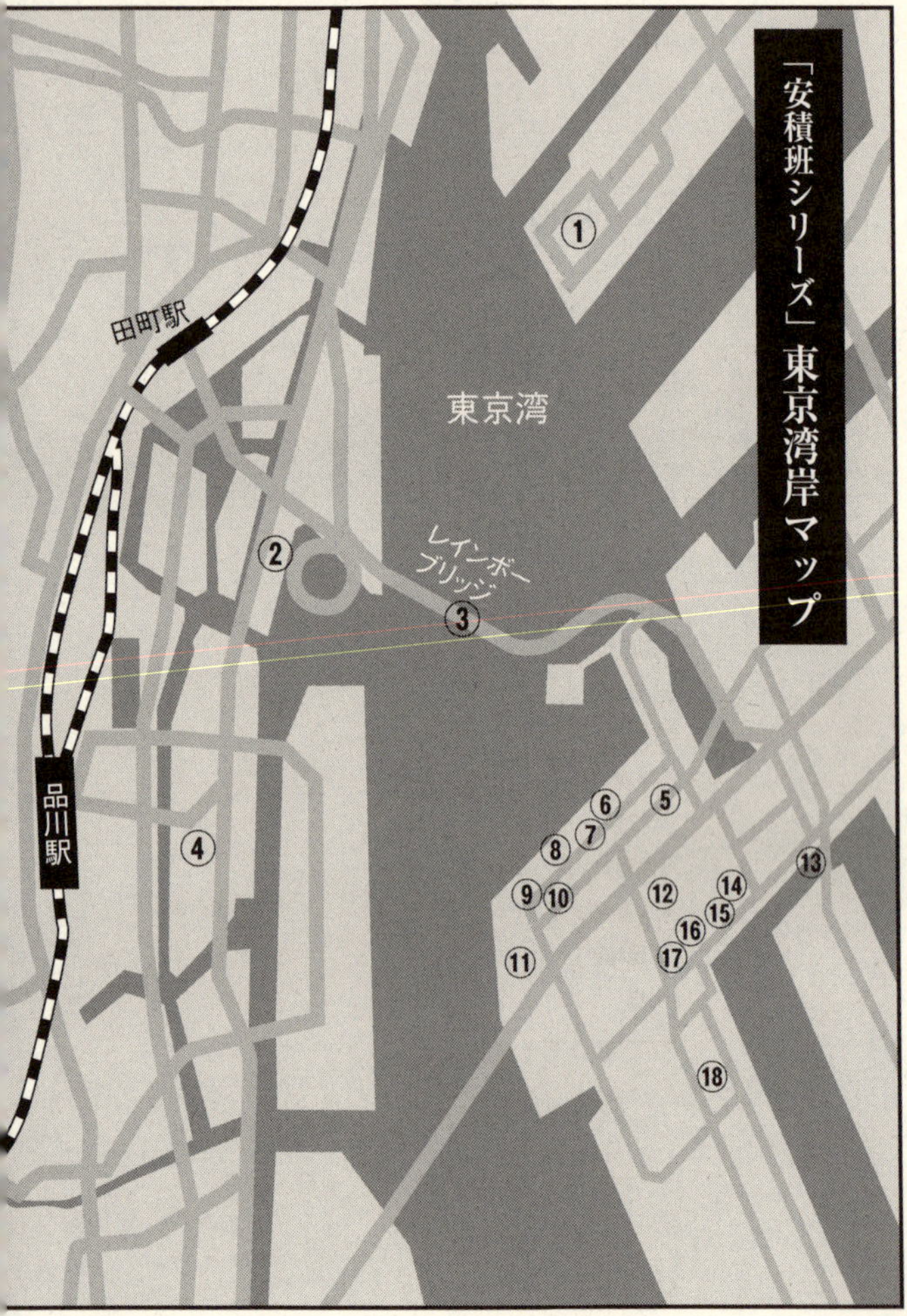

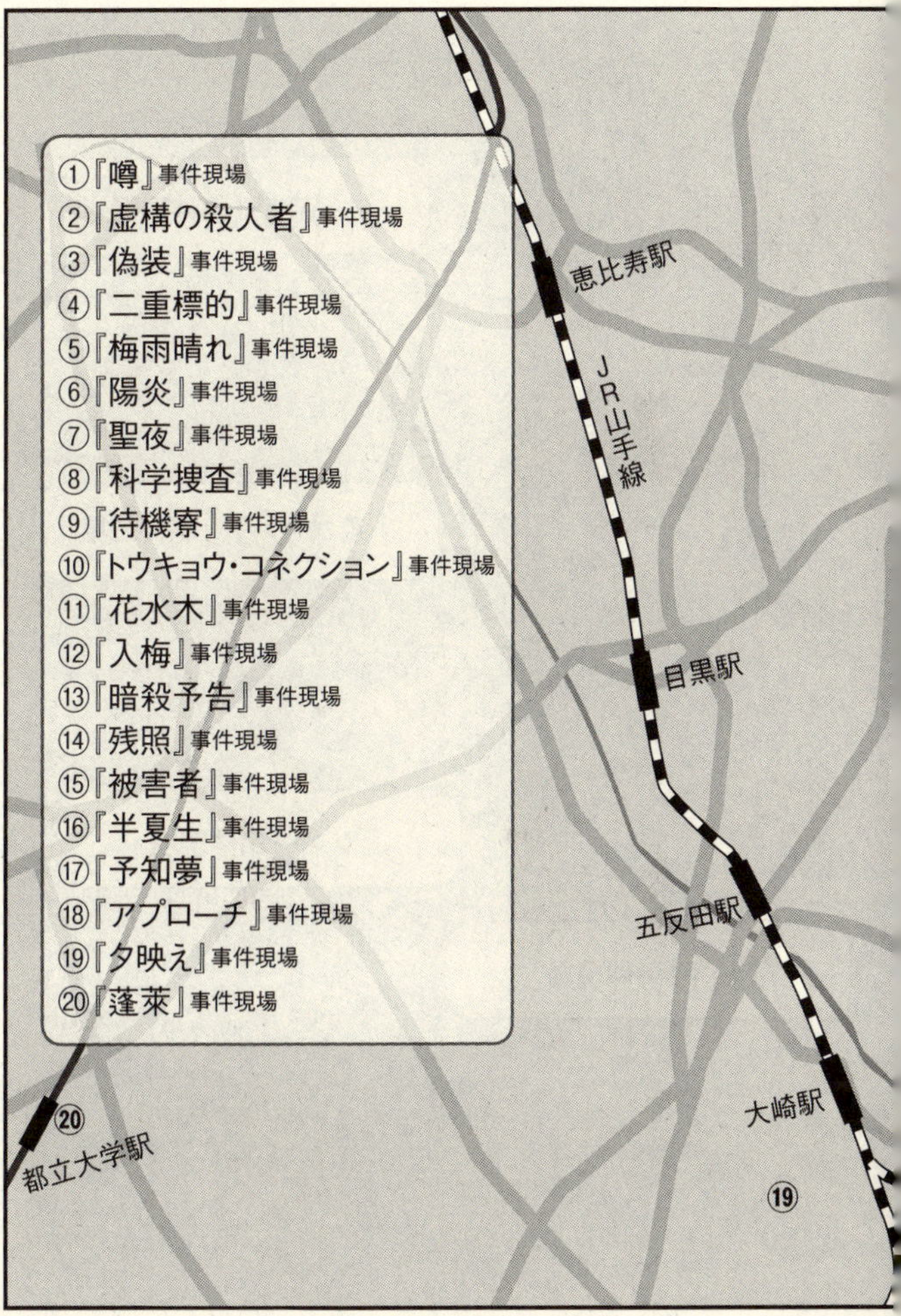
①『噂』事件現場
②『虚構の殺人者』事件現場
③『偽装』事件現場
④『二重標的』事件現場
⑤『梅雨晴れ』事件現場
⑥『陽炎』事件現場
⑦『聖夜』事件現場
⑧『科学捜査』事件現場
⑨『待機寮』事件現場
⑩『トウキョウ・コネクション』事件現場
⑪『花水木』事件現場
⑫『入梅』事件現場
⑬『暗殺予告』事件現場
⑭『残照』事件現場
⑮『被害者』事件現場
⑯『半夏生』事件現場
⑰『予知夢』事件現場
⑱『アプローチ』事件現場
⑲『夕映え』事件現場
⑳『蓬莱』事件現場
恵比寿駅
JR山手線
目黒駅
五反田駅
大崎駅
⑲
⑳
都立大学駅

宿駅
『異動』事件現場
竹下通り
『スカウト』事件現場
明治通り
表参道
『ツキ』事件現場
『自首』事件現場

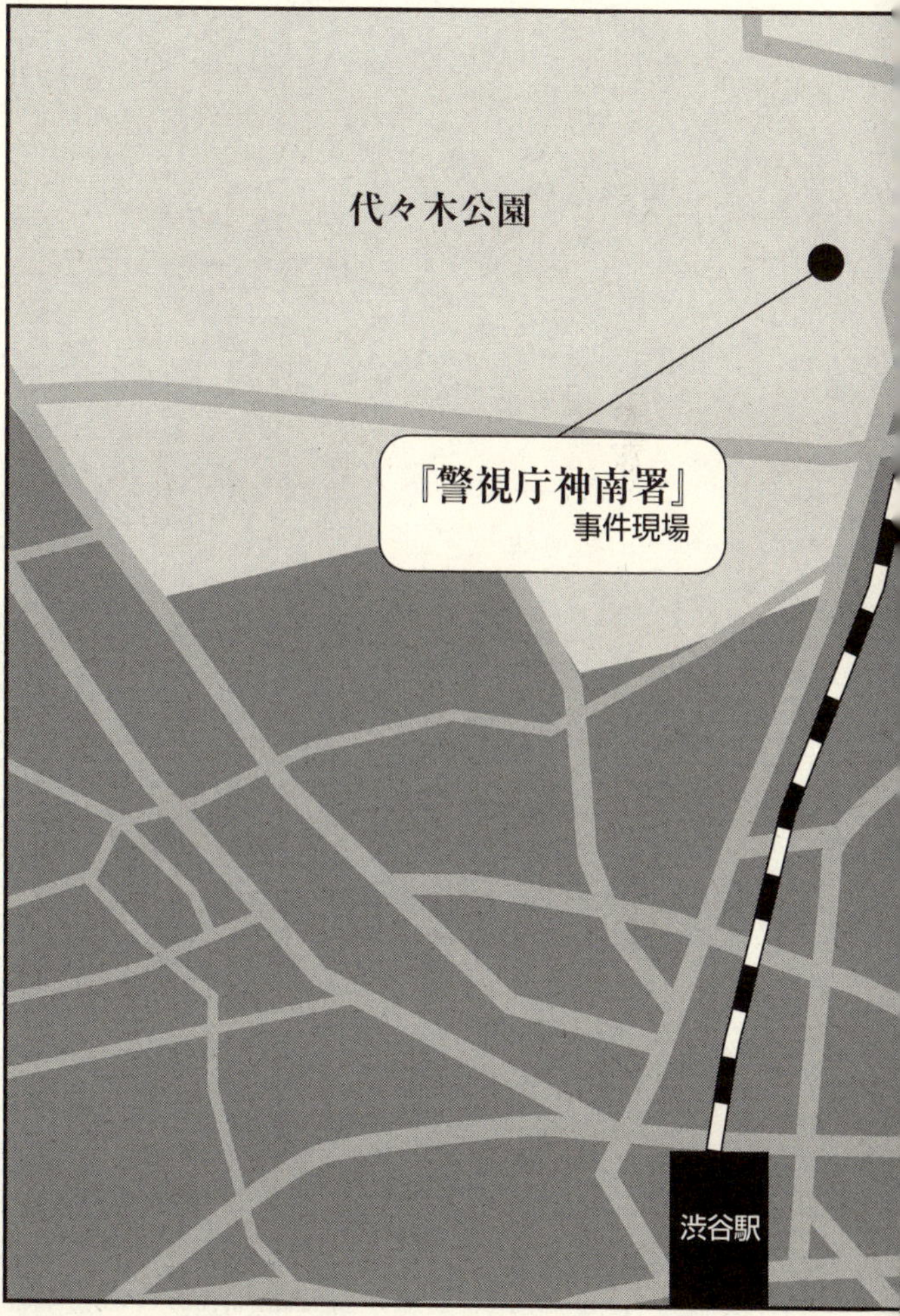
代々木公園
『警視庁神南署』
事件現場
渋谷駅

『東京湾臨海署特別編』

境界線

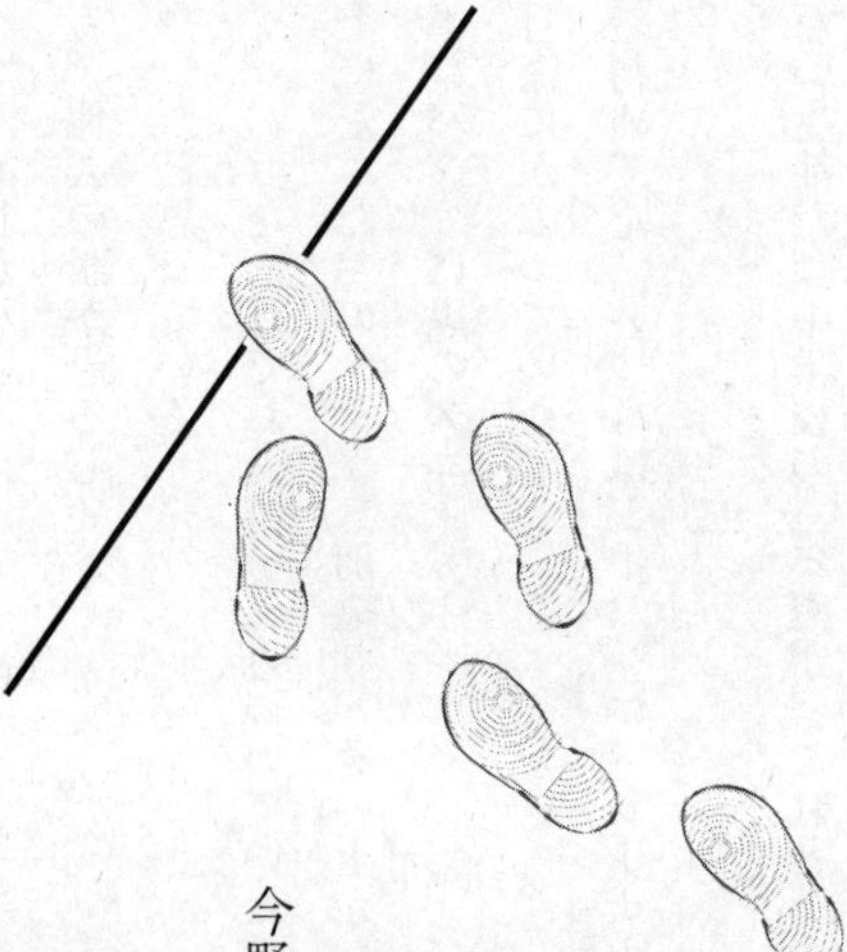

今野 敏

1

何をやってもうまくいったためしがない。

いつもおどおどしている。他人の眼《め》が恐ろしい。

自分はつくづくだめなやつだと思っている。

大木幸祐《おおきこうすけ》は、今精一杯ツッパった恰好《かっこう》でお台場をふらついていた。

黒い長袖《ながそで》のTシャツの上にだぶだぶのシャツを羽織り、その上からダウンのベストを着ている。黒のカーゴパンツに黒のスニーカー。

やはり黒のキャップを目深にかぶっていた。

こんな恰好をするのは、初めてだ。いつもはジーパンにトレーナーといった目立たない恰好をしている。

幸祐は学校でも目立たない生徒だ。中学校の三年だが、これといって取り柄もない。成績がいいわけではないし、得意なスポーツがあるわけでもない。友達とつるんで遊び回るわけでもなく、暇なときは家でゲームをしたり、パソコンに向かってネットを巡回したりしている。だが、引きこもりというわけでもない。不良でもない。

つまり、僕は何でもないんだと幸祐は思う。

そんな自分がどうにも我慢できなかった。苛立《いらだ》ちが募る。だからといって、何かするわけではない。ただ、何もかもがうっとうしいと感じているだけだ。

この先、生きていてもいいことなど何もないような気がする。

自殺サイトというものがあるのも知っている。生きていても仕方がないのなら死んでも同じだと思う。

だが、自殺などとてもする気にならない。

自殺しようというやつらの気持ちはなんとなくわかる。小指を噛《か》むと独特の疼《とう》痛《つう》を感じる。あれと同じような痛痒《いたがゆ》さが心の中にあるのだ。

絶望感でもないし不安感でもない。ただ、心のどこかが痛痒いのだ。

いや、ただわかるような気がするだけだろう。本当にわかっているのなら、幸祐も自殺サイトに何かを書き込んでいたかもしれない。引きこもりのやつらも、幸祐から見ればうらやましい。その世界に足を踏み入れているからだ。

幸祐はそこへは行けない。

不良になるのも度胸がいる。

幸祐は、不良にもなれない。不良を恐ろしいと思う。できれば近づきたくない。

特に理由があってお台場にやってきたわけではない。一度、親の車に乗せられてレインボーブリッジを通ったとき、光に包まれた島が見えた。

それがお台場だった。

今夜は冒険をするんだ。

幸祐はそう思って、いつか着ようと思ってこっそり買い込んでいた服を引っ張り出し、日が暮れてから家を出た。

父親はまだ帰宅していなかったし、母親は台所で夕食の支度をしていた。幸祐は、音を立てないように気をつけながら家を出た。渋谷か新宿へ行こうかと思ったが、なんだか恐ろしかった。

幸祐から見れば渋谷や新宿は不良たちの巣窟《そうくつ》だ。とても近づく気になれない。どこへ行こうかと、最寄りの駅でぼんやりしているとき、光の島が脳裏に浮かんだ。

そうだ。お台場に行こう。

幸祐は、電車を乗り継ぎ、ゆりかもめに乗って、お台場にやってきた。想像していたのとは大違いだった。もっと明るく賑《にぎ》やかな場所かと思っていた。

夜のお台場は、ひどく殺風景だった。

たしかに、ところどころ派手なイルミネーションが見える。テレビ局の建物もライトアップされている。

しかし、思ったより人通りも少なく、やたらに大きなビルばかりが目立つ。ただ車が行き交うだけで、自分の小ささを余計に意識させられてしまう。歩いても歩いても、自分の居場所が見つからない。大観覧車が電飾で闇《やみ》の中に浮かび上がっているが、それは、幸祐にはまったく無縁のものだった。

だが、目的のない幸祐はその美しい電飾に引き付けられていた。足が自然にそちらに向く。

ビルの角を曲がったとき、突然物騒な声が聞こえてきた。

2

そこは、井上伸郎《いのうえのぶお》がいつも通っているりんかい線東京テレポート駅への近道で、普段と違うのはちょっと時刻が遅いだけのことだった。

残業をした帰りだ。どうせ、サービス残業なのだ。

伸郎は、それでもリストラされないだけましだと思っていた。さすがにリストラの嵐《あらし》は過ぎ去った。伸郎はなんとか生き残り組に入ることができた。もうじき四十歳になる。リストラなどされたら再就職は絶望的だ。

ビルから遊歩道に抜けるところで、突然何人かの男に囲まれた。足早に通り過ぎようとしたら、いきなり、左脚に激痛が走った。

そんな体験は初めてなので、最初は何事かと思った。

見ると、一人が金属バットを持っている。それで膝《ひざ》の上のあたりをしたたか殴られたのだ。それでも、伸郎には何が起きたのかよくわからない。

一歩踏みだそうとしたが、左脚に力が入らず転んでしまった。

いくつもの靴が伸郎めがけて飛んできた。腹を蹴《け》られ、背中を蹴られ、腰を蹴られ、胸を蹴られた。

伸郎は大声も出せず、ただ身をよじっていた。

頭がまったく働かない。ひいひいという声にならない声を洩《も》らすだけだ。完全にパニック状態だった。
背中を寂寥《せきりょう》感が這《は》い昇ってくる。
殺される……。
ばかな。
なんで俺がこんな目に……。
伸郎は地面の上で胎児のように体を丸めるしかなかった。
幸祐はしばし茫然《ぼうぜん》と立ち尽くしていた。
背広を着た中年男が、三人の若いやつらに襲われている。
オヤジ狩りか……。
話には聞いたことがあるが、もちろん見るのは初めてだ。
逃げよう。
幸祐は思った。

関《かか》わり合いになりたくない。

だが、幸祐の足は動かなかった。すくんでしまっているのかもしれない。

オヤジ狩りなんか、僕とは関係ない。さっさとここから逃げなけりゃ……。

今来た道を引き返そうとした。

だが、やはり足が動かなかった。

恐ろしい。一刻も早くこの場から逃げ出さなくちゃ……。

そう思う反面、なぜか逃げ出してはいけないような気がした。

警察に電話すればいいんだ。

幸祐は携帯電話を取り出した。だが、それだけでは何か足りない気がした。そう、足りないのだ。

警察が駆けつけるまでに、襲われている中年男は大怪我《けが》をしてしまうだろう。

もしかしたら死んでしまうかもしれない。

でも、僕に何ができる……。

幸祐は、一歩を踏みだそうとしていた。

それは今来た道への一歩ではない。オヤジ狩りをしているやつらへ近づく一歩だった。

なかなかその一歩が踏み出せない。その一歩のためには、大きな何かが必要だった。

ふわふわした非現実感を感じていた。

いったい、僕は何をしようとしているのだろう……。

自分の体が自分のものでないような気がする。足がいうことをきかない。

目の前に見えない壁がある。

幸祐は、深呼吸をしてから目をつぶり最初の一歩を踏み出した。

それからはさらに現実味が薄れた。まるで夢の中にいるようだった。視界が妙に狭く感じられる。

頭の中はぼうっとしている。

「なんだ、てめえ……」

誰かが怒鳴った。その声が、妙に遠くから聞こえた。

幸祐は夢中で、金属バットを持っているやつに飛びかかった。金属バットを奪おうとする。

「なにすんだ、このやろう」

怒号が聞こえる。

背中に衝撃を感じた。息が止まる。それでも幸祐は金属バットから手を離そうとしなかった。

右の大腿部《だいたいぶ》にひどい痛みを感じた。蹴られたのだろう。

中年男を蹴っていた連中が今度は、いっせいに幸祐に向かってきた。

幸祐は喧嘩《けんか》らしい喧嘩などしたことがない。ただ殴られ、蹴られるだけだ。

何がどうなっているのかわからない。体のあちらこちらに衝撃を受ける。

突然、相手の攻撃が止《や》んだ。

幸祐には何が起きたのか確かめる余裕はない。ただ、金属バットにしがみついているだけだ。

相手の武器を取り上げればなんとかなる。根拠もなくそう考えていた。

「やばいぞ。逃げろ」

そんな声が聞こえた。

幸祐はまぶしい光を向けられたのを感じた。次の瞬間、誰かにしがみつかれた。

幸祐は夢中で抵抗した。

「おとなしくしろ」

威嚇するような声が聞こえる。

「バットを放せ」

幸祐は、気づいた。

二人の制服を着た警官が幸祐を取り押さえようとしている。

「違う」

幸祐は思わず言った。

「違うんです」

「いいから、おとなしくしろ」

幸祐は手を放してもらいたくて、身をよじった。

「抵抗するんじゃない」

さらに声は威嚇的になっていく。

「違う。違うんだ」

幸祐は、抗《あらが》った。だが、そんな抵抗は無駄だった。いつしか、金属バットは取り上げられていた。

そして、幸祐は冷たいアスファルトの地面にうつぶせに押さえつけられていた。頬《ほお》が地面にこすりつけられる。

やがて、幸祐は二人の警察官に両腕を持たれて無理やり立たされた。そのまま引きずられるようにパトカーまで連れて行かれた。

いったい、何が起きているのだろう。どうして、僕はこんな目にあっているのだろう。

幸祐は混乱したまま、パトカーに乗せられた。

3

「傷害……？」

黒木《くろき》が電話を受けた。

東京湾臨海署の刑事課強行犯係には、黒木和也《かずや》巡査と須田三郎《すださぶろう》部長刑事がいた。すでに、桜井太一郎《さくらいたいちろう》巡査と村雨秋彦《むらさめあきひこ》部長刑事は帰宅している。

須田と黒木の二人は、別の事案の聞き込みでついさきほど署に戻ってきたところだった。

安積剛志《あずみつよし》係長は、時計を見た。すでに十時を回っている。刑事に時刻は関係ない。とはいえ、こんな時刻に現場に向かう部下のことをつい気づかってしまう。

実をいうと、須田も黒木も東京湾臨海署の事案で聞き込みをやっていたわけではない。となりの所轄である月島署管内で発生したホームレス襲撃事件の聞き込みに駆り出されていたのだ。

逃走した犯人グループが東京湾臨海署管内を通過した可能性があったのだ。

黒木は電話を切ると、安積に概要を説明してすぐに出かける準備を始めた。須田も椅子《いす》をがちゃがちゃといわせて立ち上がった。

この二人は、実に対照的だ。黒木は、豹《ひょう》のように精悍《せいかん》な体つきをしている。動きにもまったく無駄がない。一流アスリートのストイックさを感じさせる。

一方、須田は刑事としては明らかに太りすぎだ。動きは緩慢で、危なっかしい。

黒木は滅多に感情を表に現さないが、須田は常に何かに感動したり、何かを嘆いたりしている。その点もあまり刑事らしくない。

だが、安積は須田の刑事らしくないところを買っていた。

「待て」

安積は言った。「俺も行こう」

この時刻だ。強行犯係が空になっても問題はないだろう。何かあれば、他の係の当直が対処してくれる。

安積は三人連れだって、徒歩で現場に向かった。テレビ番組のように車で恰好よく駆けつけるなんてまねはできない。捜査車両は限られている。

北風が吹き抜けるお台場は、ひどく寒々しい。アスファルトとコンクリートの街だからだ。人の生活の匂《にお》いがしない街だ。

地域課のパトカーが止まっており、旋回灯がビルの壁に赤い光を投げかけている。車内灯が灯《とも》っており、後部座席で容疑者らしい男が二人の地域課係員に挟まれて座っているのが見えた。

「これ、月島署のホームレス襲撃事件と関連があるかもしれませんね」

須田が言った。

予断は禁物だ。だが、須田の勘はばかにはできない。

別の地域課係員が背広姿の男に話を聞いている。背広は埃《ほこり》にまみれており、顔に赤黒いあざが見て取れた。被害者だろうと安積は思った。

地域課の巡査部長が安積を見て近づいてきた。橋田《はしだ》というちょっと太り気味の巡査部長だ。

「オヤジ狩りだよ」

橋田は言った。「まったく、近頃のガキは……」

「ガキ……？　少年なのか？」

「ああ。傷害事件なので、強行犯係に連絡したが、その後少年だということがわかったので、少年係にも知らせておいた。中学生だとさ」

「中学生……」

橋田巡査部長は、容疑者の氏名、年齢、住所を言った。

黒木がメモを取っている。

大木幸祐、十五歳。住所は世田谷区等々力。地元の公立中学校に通っている。

「被害者によると、複数に襲われたということだ。現場の状況もそれを裏付けている。凶器を持っていた。金属バットだ。被害者は左脚に一発食らって、倒れたところをフクロにされたと言っている。金属バットで左の大腿部を殴ったらしい。オヤジ狩りの常套手段《じょうとうしゅだん》だよ」

「身柄を確保した容疑者は一人だけか？」

「あとは逃げた」

安積はうなずいた。

「被害者の身元は？」

「井上伸郎、三十九歳。この近くのＩＴ関連の会社に勤めている。ＳＥだそうだ。現住所は、中野区東中野……。りんかい線の東京テレポート駅に向かう途中に被害にあったということだ」

「ＳＥって何だ？」

「システムエンジニア。まあ、どんな仕事をしているのか、具体的なことは聞いたところでどうせわからんよ」

安積はちらりと須田を見た。須田はかすかに肩をすくめた。彼は強行犯係で唯一のコンピュータマニアだ。あとで彼に訊《き》けばいい。

安積は橋田に礼を言ってから、須田に指示した。

「被害者に話を聞いてくれ。俺は少年係が来るまえに、容疑者に会っておきたい」

「わかりました」

須田と黒木は二人そろって被害者の井上伸郎のもとに駆けていった。須田はよたよたと駆けていく。黒木はそれを追い越さないように気をつかっている。

安積はパトカーに近づいた。すぐに地域課の係員が後部座席から降りて、安積に場所を譲った。

「話を聞かれますか?」

まだ若い係員だ。

安積はうなずいて、後部座席に座った。

容疑者の向こう側にいた係員も車を降りた。容疑者が逃走しないように、ドアのすぐ外に立っていた。

まず安積は容疑者を観察した。全身黒ずくめに見えるが、オーバーサイズのシャツだけが赤を基調とした大柄のチェックだ。

黒いキャップを目深にかぶりうつむいているので、表情がよく見えない。

恰好だけを見ると、今時の不良に見える。不良にもさまざまなタイプがあるが、見たところ、ヒップホップ系を気取っている連中のようだ。

「強行犯係の安積です。大木幸祐さんですね?」

返事がない。

「こたえてください。大木幸祐さんですね?」

大木幸祐はかすかに身じろぎをした。

「はい」

小さな声でこたえた。

「あなたは、複数であそこにいる人物を襲撃しましたね？」

大木幸祐はうつむいたままだ。

安積は言った。

「あなたは、犯行の最中に警察官によって取り押さえられた。現行犯逮捕です。少年法が改正されて、十六歳未満でも事件によっては検察に送致されることになります。それはご存じですか？」

安積は、相手が少年であってもこうした口調で話すことにしている。相手を一人前として扱うことで、甘えを封じるのだ。

大木幸祐はようやく顔を上げた。

「違うんです」

「何が違うんですか？」

「僕はオヤジ狩りなんてやっていません」

「しかし、あなたは現行犯で逮捕されたのです」

「僕は……」

何か言いかけて、力尽きたようにまた顔を伏せた。

「何か言いたいことがあるのなら言ってください」

「どうせ、信じてくれないんでしょう？　さっきの警官もそうだった。僕の言うことなんて信じてくれないんだ」

「私は、本当のことが知りたいだけです。警察の仕事は事実を確認することです。誰が言ったことでも、私はその確認を取ります」

ようやく大木幸祐は安積のほうを見た。

その顔に驚きの表情が浮かんだ。

おそらく、地域課の二人からさんざん脅かされていたのだろう。

「何が違うのか説明してください」

安積がうながすと、大木幸祐は堰《せき》が切れたように話し出した。

「僕はオヤジ狩りなんてしてません。一人でお台場にやってきたんです。いつもは、夜に出歩くことなんてあまりないんだけど、今日は思い切って出かけてみたんです。観覧車が見えたんで、その近くまで行ってみようと思いました。そして、ここまで来て誰かが襲われているのに気づいたんです。僕は知らんぷりをして逃げようと思いました。でも、なぜだか逃げられなかったんです」

「逃げられなかった……？」

「はい。なんとかしなきゃと思いました。僕なんかに何もできないことはわかっていました。でも、このまま逃げたら、僕は何も変わらないと思ったんです」

「変わらない……？」

「そうです。うまく説明できないけど、そんな気がしたんです。あとのことはよく覚えていません。ぼうっとして、何だか夢の中にいるみたいな気分でした。夢中であいつらが持っていた金属バットにつかみかかりました」

「つまり……」

安積は言った。「君は被害者を助けようとしたというわけですか？」

「助けようなんて……」

大木幸祐は言った。「僕にそんなことができないのはわかっています。そんなのとは、ちょっと違うんです。なんというか……、向こう側へ行ってみたかったんです」

「向こう側へ行ってみたかった……」

安積は、その言葉の意味を考えてみた。

「そうです。僕はだめなやつなんです。何にもできない。何をやるのも怖い。いつも何かの手前で立ち止まっている……。そんな気がしていたんです。今日は、思い切って親にも何も言わず、夜遊びをするつもりでした」

車窓を誰かがノックした。

見ると、少年係が二人、車の外に立っていた。

小寺正隆《こでらまさたか》部長刑事に、栗原文夫《くりはらふみお》巡査。小寺は三十五歳くらいの強面《こわもて》だ。しっかりした体つきで、目つきが鋭い。

栗原は三十歳になったばかりのはずだ。まだ、若者の雰囲気を持っている。要するに青二才だ。

安積はドアを開けた。

小寺が言った。

「ごくろうさんです。あとは、自分らが引き受けます」

「待ってくれ、今話を聞いている最中なんだ」

「中学生でしょう? どうせ調書を取って家裁送りなんです。安積係長の手をわずらわせるほどのことじゃないです」

少年事案は、基本的には全件送致だ。まずすべての事案を家庭裁判所に送る。家裁が刑事処分相当と判断した場合は、検察に送致される。これを逆送と呼んでいる。

かつては、十六歳未満の少年は逆送されないという規定があったが、平成十二年の少年法改正でこの制限が撤廃されたというわけだ。

「状況が少し曖昧《あいまい》だ。家裁に送る前によく調べたい」

「そういうのは、逆送されてからにしてくださいよ」

安積は車を降りた。ドアを閉めると、安積は小寺に言った。

「本人はやってないと言っている」

小寺は、苦笑を浮かべた。

「誰だってそう言いますよ」

「よく調べるべきだと思う」

「そりゃ調べますよ。でもね、どうせ家裁に送らなければならないんです。自分らにできることは、せいぜい調書を取ることくらいです」

皮肉な口調だ。彼らは少年犯罪の全件送致主義に嫌気がさしているのだ。彼らだって、充分に調べて結果を出したいに違いない。だが、制度上それが不可能だ。

逮捕後四十八時間以内に送致しなければならないのは、刑事も少年課の係員も同じだ。だが、その後が違っている。普通の刑事事件ならば勾留《こうりゅう》手続きを取ってじっくりと取り調べができる。

だが、少年事件はすべて家庭裁判所に委《ゆだ》ねなければならないのだ。

少年課の係員たちが少年犯罪に対して無力感を覚えるのも無理はないかもしれない。だが、そこに冤罪《えんざい》の危険が潜んでいるとしたら、見過ごすわけにはいかない。

いや、安積だって他人の仕事に口出しする気はないし、制度に文句を言ってもはじまらないことはわかりきっている。

大木幸祐の一言が気になっているのだった。余計な口出しだとわかっていながら、小寺に注文をつけている理由は、大木幸祐の「向こう側へ行ってみたかった」という一言にあった。

安積は、パトカーのそばに立っている地域課の係員に尋ねた。

「大木幸祐の身柄を押さえたのは、君たちか?」

近くにいた地域課の係員がこたえた。

「そうです」

「そのときの状況を詳しく教えてくれ」

「ちょっと、係長……」

小寺が言った。「もう詳しく話は聞きましたよ」

「もう一度聞きたい」

安積が厳しい口調で言うと、地域課の巡査が話しだした。

「警ら車で巡回中に、犯行に気づきました。自分とそこにいる者で駆けつけて、取り押さえようとしましたが、逮捕できたのは一人だけでした。身柄を押さえたとき、大木幸祐は金属バットを所持していました」

「被害者は、彼が犯人だと言ったのか？」

「複数に襲撃されたと言っていました。大木幸祐はその複数の中の一人でした」

「いや、確認してないですね」

その声に地域課の巡査と少年係の二人は振り向いた。須田だった。

須田は続けて言った。

「被害者は犯人の顔を見ていません。何人に襲われたかもはっきりしないと言っています。つまり、大木幸祐が犯人だとは確認していないということです」

須田はおそらく、安積と小寺のやり取りを聞いて、安積の意図をさとったに違いない。さすがに須田だと安積は思った。

彼の体格やおどおどした態度から、彼を誤解する者は多い。だが、彼の洞察力には安積も一目置いている。

「いいかげんにしてください」

小寺は、うんざりした顔をした。「いったい、何だっていうんです。状況から見てあいつが犯人グループの一人であることははっきりしているじゃないですか」

「本人は犯行を否定している。その言い分にも考慮の余地がある」

「こいつは少年事件なんです。そういうことを判断するのは家裁の役目なんです」

小寺が言っていることは正論だ。法律上は、彼が言っていることが正しく、警察官はあくまで法律に従わなければならない。

「私は事実を知りたいだけだ。そのためにはもっと詳しく調べる必要がある」

「好きにしてください」

小寺は言った。「調べるのは勝手です。暇があるならやってください。ただ、被疑者の身柄はわれわれがもらい受けますよ」

「わかった。頼むから慎重に取り調べをやってくれ」

「私らを何だと思ってるんです。少年犯罪の専門家ですよ。もちろん、取り調べは厳しくやりますよ。仲間の所在を聞き出さなければなりませんしね」

小寺は、安積に背を向けた。

地域課の連中もパトカーに乗り込んだ。パトカーが去っていくと、安積は自分がひどく愚かなことをやってしまったような気がした。

須田が安積に尋ねた。

「捕まった彼は、襲撃グループの仲間じゃないんですか?」

「本人は違うと言っている。襲われたのを見て、なんとかしようと思ったんだそうだ」

「助けようとしたということですか？」

「助けられるとは思わなかったと言っている」

「なら、どうして……」

「本人にもわからないそうだ。だからこそ、俺は信憑性《しんぴょうせい》があると感じた」

須田はこの話をどう解釈するだろう。安積自身も釈然としないのだ。少年事犯なのだから少年係に任せておけばいい。誰に訊いてもそう言うだろう。

須田は言った。

「わかりました。俺と黒木で調べてみますよ」

「月島署の件があるだろう」

「なんとかしますよ」

その一言はありがたかった。

4

翌日の朝一番に、交通機動隊の速水直樹《はやみなおき》小隊長が強行犯係の安積の席に近づいてきた。彼ほど交機隊の制服が似合う男もいない。

速水が何やらうれしそうな顔をしているので、安積はうんざりした気分になった。速水の目的は明らかだった。

「よう、ハンチョウ」

速水は安積に話しかけた。「昨日、少年係の小寺と揉《も》めたそうだな」

案の定だ。安積はそっと溜《た》め息をついた。

「どこからそういうことを聞き込んでくるんだ?」

「交機隊は何でも知っている」

「所轄の問題に首を突っ込むな」

交機隊は本庁の所属だ。東京湾臨海署は、交機隊の分駐所と同居している。そのために両方を合わせて『ベイエリア分署』などとも呼ばれている。湾岸高速網を疾走する交機隊はベイエリア分署の花形だ。

「少年係と揉めた……？」

村雨が神経質そうに眉《まゆ》をひそめた。「昨夜の傷害事件ですか？」

安積より先に、速水がこたえた。

「ハンチョウは、小寺に、慎重にやれと説教したそうだ」

「説教などしていない」

安積は言った。「意見を言ったまでだ」

「小寺は、そうは思っていないようだな」

「ならば、謝っておくよ」

「どうして被疑者をかばう気になったんだ？」

「そんなこと、おまえに話す必要はない」

「いや、おまえは話さなけりゃならん」

「なぜだ？」

「おまえが誰かに聞いてもらいたがっているからだ」

安積はまた溜め息をついた。速水を無視しようかとも思った。だが、無視したところで、速水は気にも留めないだろう。

安積は、椅子の背もたれに体を預けた。

「おまえ、初めて喧嘩したときのことを覚えているか？」

速水は相変わらず薄笑いを浮かべたままこたえた。

「そんな昔のことは覚えてないな」

「惚《ほ》れた女に告白したときのことは？」

「そんな経験はない」

「生まれて初めて、一人旅をしたときのことは？」

「さあな……。いつだったかな……」

「つまり、そういう類《たぐい》の話だ」

「言っていることがわからないな」

「被疑者の少年は、オヤジ狩りの現場を見て、何かをしなければならないと思ったんだ。生まれて初めての経験だと言っていた」

「なるほど」

「腕っぷしに自信があるわけじゃない。何に関しても自信のないタイプの少年だ。その少年が言った。向こう側に行ってみたかった、とな」

速水はしばらく考えていた。安積はそれ以上何も言う気はなかった。

やがて、速水は言った。

「よくわかった」

その場にいた村雨と桜井が怪訝《けげん》そうな顔をしている。

速水は歩き去ろうとした。安積がほっとしていると、彼は突然立ち止まり、振り向いて言った。

「ハンチョウ、おまえの考えていることは正しい。誰が何と言おうとな……」

そのまま速水はさっと背を向けて去っていった。

「何ですか、あれ……」

村雨があきれたように言った。

安積は、机の上の書類を見つめていた。

速水の一言は、どんな激励の言葉よりもうれしかった。その思いを顔に出すまいとして、安積はことさらに渋い顔をしていた。

須田と黒木だけに任せておくわけにもいかない。安積は、被害者からもう一度話を訊いてみようと思った。

「ちょっと出かけてくる」

安積は村雨に言った。「あとを頼む」

「オヤジ狩りの件ですか？」

「ああ。被害者に会ってこようと思う」

「私らが行きましょうか？」

「いや、直接話が聞きたいんだ」

「少年係に任せておけないんですか？」

「被疑者の少年はやっていないと言っている。それなりの信憑性もある」

村雨はうなずいて視線を机の上の書類に戻した。

納得したのだろうか。それとも、もともと関心がないのだろうか。安積にはわからなかった。

被害者の井上伸郎の会社を訪ねた。お台場にある近代的なビルの一つに入っているＩＴ関連の会社だ。受付で来意を告げると、ロビーで待つように言われた。

ロビーで打ち合わせができるように、テーブルと椅子が並んでいた。

井上伸郎はすぐに現れた。テーブルを挟んで座ると、彼は言った。

「逃亡した犯人たちは捕まりましたか？」

「まだです」

「バットで殴られた脚が痛むんですよ。治療代を請求してやる……」

「事件当時の状況を詳しくうかがいたいと思ってやってきました」

「もう何度も話しましたよ」

安積はうなずいた。

「時間が経《た》って思い出すこともあります」

「とにかく、昨日お話ししたように、突然のことだったので、ほとんど何も覚えていないんです」

「囲まれて、いきなりバットで左脚を殴られたのでしたね？」

「そうです」

「そのとき、相手は何人でした？」

「正確に覚えていません。三人か四人か……」

「倒れたところを複数の人間に蹴られた。そこに、警察官が駆けつけた……。そうですね」

「そうです」

「警察官が駆けつけるまでの間に、何かありませんでしたか？」

「何か……？　どんなことです？」

「何でもいいんです。気づいたことはありませんか？」

井上伸郎は怪訝そうな顔でしばらく考えていた。やがて彼はかぶりを振った。

「いや、覚えていませんね。情けないことに、僕は地面の上で丸くなっていたんです。頭をかかえて……。殺されるかと思いましたよ。何が何だかわからなかった……」

安積は再びうなずいた。

井上伸郎が言った。

「犯人は中学生だそうですね。新聞で読みました。まったく、世の中どうなっているんでしょう……」

「井上さん」

安積は言った。「私たちは、犯人を捕まえようと努力しています。そのためには、被害者であるあなたの協力がぜひ必要なのです。どんなことでもいい。何か思い出せませんか?」

「犯人たちの一人が捕まっているんでしょう? そいつに訊けばいい」

安積はしばらく迷った後に言った。

「彼は犯人ではないかもしれません」

「そんなばかな……。金属バットを持っていたのはあいつでしょう?」

「そう。地域課の係員が彼の身柄を押さえたときに、たしかに彼は金属バットを所持していました」

「ならば、犯人に間違いないじゃないですか」

「現場で何が起きたか、今のところ、知っているのはあなたと彼だけです。そのあなたが、彼が犯人だと思い込んでしまっては、本当のことがわからなくなってしまいます」

「思い込むも何も……。彼が犯人なのは間違いないじゃないですか」

安積はしばらく無言で井上伸郎を見つめていた。彼は被害者だ。善意で安積の質問にこたえてくれている。彼を責める理由はない。

「お願いです。もう一度、よく思い出してみてください」

安積はそう言って、井上伸郎の会社をあとにした。

5

いったい、何だっていうんだ。

井上伸郎は、安積という刑事が帰ると、心の中で毒づいていた。

俺は被害者じゃないか。犯人を取り逃がしたのは警察だ。それを今さら、何かを思い出せだなんて、まるで俺が何かを隠しているような言い方をしやがって……。

腹が立った。

金属バットで殴られた足が痛くて、どうしても足を引きずるように歩いてしまう。

昨夜、警察が救急車を呼んでくれてそのまま病院に運ばれたが、病院ではレントゲンを撮っただけでろくな治療をしてくれなかった。湿布薬をくれただけだ。

それもおもしろくなかった。

自分の部署に戻ると、井上伸郎はやりかけの仕事を再開した。パソコンの画面を見つめ、キーボードのキーを叩く。

安積という刑事の言ったことが気になって、なかなか仕事に集中できなかった。

警察が来る前に何かなかったかだって？

こっちは殴られ、蹴られて、必死だったんだ。そんなことわかるものか……。

オヤジ狩りにあって、運良くそこに警察がやってきた。ただそれだけだ。

そう思うことでようやく仕事に集中しはじめた。

突然、井上伸郎の手が止まった。

何か、心の奥底でもやもやしている。

安積の一言で、そのもやもやが深い闇の中からゆっくり浮上しようとしていた。

「警察官が駆けつけるまでの間に、何かありませんでしたか？」

その安積の問いかけが何度も頭の中で繰り返される。

井上伸郎は、手を止めたまま記憶をまさぐっていた。たしかに、あのとき、警察官がやってくる前に、妙な間があった。

あの場で捕まった中学生が犯人だと思い込んでいたので、思い出そうともしなかった事実だ。

そうだ。安積の言うとおり、たしかに俺は、あの中学生を犯人だと思い込んでいた。

思い出した。

地面に倒れた井上は、襲撃者たちの声を聞いていた。
「なんだ、てめえ……」
「なにすんだ、このやろう」
たしかに、彼らはそう怒鳴っていた。
あの声は何を意味しているのだろう。
安積が言っていた。捕まった中学生は犯人ではないかもしれない、と……。
だとしたら……。
井上伸郎は唐突に気づいた。
まさか、俺を助けようとしたのか……。
彼は、名刺入れの中から安積の名刺を探しだし、電話に手を伸ばしていた。
大木幸祐は、もう楽になってしまおうかと思っていた。
刑事が何時間にもわたって取り調べをする。オヤジ狩りの犯人にされようとしている。

仲間の名前と居場所を言えと問いつめられる。

知らないものはしゃべれないと何度言ったことか。

取り調べをしている刑事は、はなから幸祐の言うことを信じてくれようとはしなかった。

無我夢中でオヤジ狩りをやっているやつらにつかみかかっていった。そう説明したのだが、そんなことを誰が信じるかと言われた。

ならば、もう何を話しても意味はない。

最初から本当のことを信じようとしないのだ。

幸祐はお台場に来たことを後悔していた。

今までの自分から少しは変われるかもしれない。そう思って冒険をしてみた。

それがすっかり裏目に出てしまった。

刑事が誰かに呼ばれて取調室を出て行った。刑事が戻ってきて、取り調べが再開されたら、僕がやったと言ってしまおう。

幸祐はそう思った。

もう、どうでもいい。疲れた。誰も僕が言ったことなど信用してくれない。僕なんて、いてもいなくてもいい存在だ。

刑事が戻ってきた。

前よりいっそう不機嫌そうになっている。幸祐にとっていい兆候とは思えなかった。今の幸祐には何もかも悪いことのように思える。

刑事が言った。

「もう一度最初から、何が起きたのか詳しく話してみろ」

もう、うんざりだった。どうせ信じてくれないくせに……。

黙っていると、さらに刑事が言った。

「サラリーマンを襲撃していたのは、何人だったたっけ?」

おや、と幸祐は思った。

今までは、仲間の名前と居場所を言えとしか言わなかった。幸祐が襲撃グループとは何の関係もないと何度言っても耳を貸してくれなかった。

質問の内容が変わった。

もう一度だけ本当のことをしゃべってみよう。幸祐は思った。それでだめならもう諦《あきら》めよう。

幸祐は、何があったかを説明した。刑事は黙ってそれを聞いていた。

聞き込みに回っていた須田から電話がかかってきた。

「安積だ」

「あの……、襲撃犯がつかまりましたよ」

「どういうことだ？」

「月島署の捜査員がホームレス襲撃犯の身柄を確保しました。全部で三人です」

「そっちの襲撃犯か……」

「いえね、取り調べで余罪を追及したら、昨夜のお台場の襲撃も白状したんだそうです」

「同一犯なのか？」

「そうです」

「さっき、被害者の井上伸郎から電話があった。うちの地域課が駆けつける前に、襲撃犯たちは誰かと争っていたらしい」

「ええ。大木幸祐と争っていたようです。大木幸祐は、やっぱり被害者を助けようとしたようですね」

「確かなのか？」

「俺が確認を取りましたから……」

「わかった」

電話を切ろうとしたら、須田が言った。

「やっぱ、チョウさんが考えていたとおりになりましたね」

「チョウさん」というのは、普通部長刑事の主任のことを言う。警部補で係長の安積のことをそう呼ぶのは須田だけだ。かつて、安積が部長刑事の時代に須田と組んで仕事をしていたことがある。その頃から須田は変わらず、安積のことをチョウさんと呼んでいる。

「俺は不確かなことを調べたかっただけだ」

「ええ、わかってます。大切なことですよね」

「あとは月島署に任せて帰ってこい」

「はい。そうします」

電話が切れた。

村雨が安積に尋ねた。

「月島署の件、片づいたんですか?」

「ああ。同時にこっちの少年係の事案も片づいたようだ」

「あの少年は、犯人じゃなかったんですか?」

「須田が確認を取った」

「少年係に知らせてきましょうか?」

安積はちょっとだけ考えてから言った。

「いや、俺が行く」


大木幸祐は、突然取調室を出ていいと言われた。

どういうことかと思いながら廊下に出ると、安積という名の刑事がいた。最初にちゃんと話を聞いてくれた刑事だ。

取り調べをしていた小寺という刑事が、相変わらず不機嫌そうに言った。

「帰っていい。君の容疑は晴れた」

大木幸祐はしばらく茫然としていた。突然の対応の変化に、気持ちがついていけない。

本当に帰っていいのだろうか……。

安積という刑事が言った。

「いろいろと迷惑をかけました。お詫《わ》びします」

幸祐は戸惑った。大人から、こういう言葉をかけられた経験がない。どうこたえていいかわからなかった。

「あの……、本当にこのまま帰ってもいいんですか？」

「送っていきたいが、みんな忙しいんだ」

「いえ、送ってもらう必要はないです。両親とか、呼ばなくていいんですか？」

「呼んでほしければ呼びますよ。ご両親にはすでに誤解だったことを連絡してお詫びしてあります」

幸祐はかぶりを振った。

「呼ぶ必要はないです。一人で帰れます」

幸祐は、その場から去ろうとした。

安積という刑事が言った。

「一言だけ言わせてください」

幸祐は立ち止まり、安積の顔を見た。

「あなたは、人がなかなか越えられない境界線を昨日越えた。そのことを忘れないでください」

「境界線？」

安積がうなずいた。

「向こう側へ行ってみたい。そう言ったでしょう。その境界線です」

「たしかにそう言いました……」

「そのために必要だったのは、この世でおそらく一番大切なものです。あなたはそれを誇りに思っていい」

「何のことです？」

「勇気です」

警察署を出ると、冬の青空が広がっていた。昨夜見たお台場の景色とはまったく違って見えた。

光のイルミネーションもない。ネオンサインもビルのライトアップもない。

でも、昨夜の夜景よりずっと輝いて見えた。

幸祐は思った。

たしかに、昨日とは何かが違う。

境界線を越えたのだと安積という刑事が言った。まだその実感はない。だが、たしかに昨日の自分とは違っているような気がした。

幸祐は、そんな自分が少しだけ誇らしかった。

(了)

初出・月刊「ジェイ・ノベル」二〇〇五年二月号

今野敏インタビュー

書きたかったのは人間味溢れる警察小説

書きたかったのは人間味溢れる警察小説

黒のスーツに、真っ白のシャツ。ノーネクタイなのがさらに堅気に見えなくしている。胸板は厚く、背筋はピンと伸びて、目つきも鋭く、正直いって少し怖そう。ここがカメラのフラッシュが光る、ホテルの小部屋でなければ、警察庁の刑事部長という雰囲気（実際に会ったことはないけれど）。自分で道場を持つほどの空手の達人で、日本だけでなく、ロシアにまで弟子がいる。その道場のモットーが礼節だと言う。挨拶《あいさつ》だけはしっかりしておこうと、深々と頭を下げる。

理想の中間管理職、安積剛志

上智大学在学中に、問題小説新人賞を受賞してデビュー、以来31年、これまでに出した本は150冊近く。武道もの、傭兵《ようへい》もの、超能力者シリーズ、ヤクザシリーズ、と幅広い今野ワールドにあって、安積《あずみ》シリーズは一体どういった位置づけにあるのだろうか。

「以前からよく言っているんですが、安積シリーズは僕のライフワークだと思っています。これを初めて書いたのは1988年のこと、もう21年になるんですね。

もともと僕の作品はシリーズ物が多いのですが、もちろんこれも1作で終わらせる気はなかった。当初からきちんとキャラクターができ上がっていましたから、これは書き続けていけるな、という手応《てごた》えはありましたね。そうはいってもこれほど長く続くとは思ってはいなかったですね。

それにね、僕はもともと警察小説を書きたかったんですよ。当時、日本にはそういうジャンルの小説はほとんどなかった。でも、海外には素晴らしい警察小説がたくさんあって、僕はとても好きでしたね。古典ともいえるのがエド・マクベインの87分署シリーズ、それからコリン・ウィルコックスという作家のヘイスティング警部シリーズとかね。特に安積班を書く時はヘイスティング警部シリーズを読み込みました。当時は若かったですし、日本にそういったスタイルの警察小説がなかなかなくて、どうやって書いていけばいいか手探りだったので、そのシリーズを随分と参考にしたのを覚えています」

87分署シリーズやヘイスティング警部シリーズにしても、超人的なヒーローがいるわけではなく、派手な撃ち合いだとかカーチェイスがあるといった話でもない。今野敏は言う、人間味溢《あふ》れるドラマを描きたかった、と。

「僕はこれを描くときいわゆる推理小説ではなく、人間を描く、組織を描くということをいつも念頭に置いています。組織の中でなにかやるということは、どんな組織であれあまり違わないと思います。警察官というと特殊な立場にあるみたいですが、警察という組織の中で動いている時は、普通の会社の人間関係とそれほど変わらない。同僚がいて、上司がいて、部下がいて、守るべき決まりがあって。ただ、その決まりが一般の企業より警察のほうが、少しだけ縛りが厳しい。ともすれば上の言うことだけを聞いていればいいということになりがちな組織なんです。

そんなところで、ちょっとかっこいい正義感を持った警察官とはどういう人間かと考えてみる。つまりは、部下をかわいがり、上司からの防波堤となる、理想的な中間管理職、そういう警察官を描ければ面白いと思いました」

そんな中間管理職が安積剛志《つよし》警部補なのだ。そういえばこんな短編があった。一番若い刑事の桜井がちょっとしたミスを犯す。それを挽回《ばんかい》しようと単独で捜査を行うが、桜井《さくらい》は逆に犯人グループに監禁されてしまう。桜井は犯人に始末される寸前に、仲間の刑事たちに救出される。署に戻った安積警部補は桜井にただ「単独行動は危険だとわかっただろう」とだけ言う。それに対して桜井は「失点を挽回しようと思って、手柄を立て

たかった。警部補の自分に対する評価を下げてほしくなかったからだ」と。そのときの安積警部補の言葉がかっこいい。

「私の仕事はおまえたちを評価することじゃない。フォローすることだ」

こんな信頼関係で結ばれた上司と部下、こんなのあるわけないと思いながらもジーンときてしまう。爽《さわ》やかな読後感で胸を打たれる。

いつの間にか安積警部補よりも年上になっていた

安積班は理想的な上司と魅力溢れる部下ではあるが、しかしじっくりと見てみれば、どこにでもいるごく普通の男たちでもある。

「登場人物の設定は、安積警部補をはじめ、村雨《むらさめ》、須田《すだ》の部長刑事、黒木《くろき》、桜井といった若手の刑事も、一人ひとりのキャラクターを立てるというよりも、これをチームで動かしたらどうなるか、ということがまずは頭にありましたね。実際に、一人ひとりを見てみると、とても地味でしょう」

ここで、作者自身の言葉で登場人物を語っていただこう。

「安積は自分ではあまりキャラを出さない案内役ですね。物語の中では透明人間といってもいい存在です。村雨は杓子定規《しゃくしじょうぎ》な男。実は村雨は僕に少し似ている。こう見えても私、生真面目《きまじめ》で、融通の利かないところがありまして。そういうところは少し共感を持ちます。須田は僕にとっては憧れですね、ああいうタイプになりたいという。一番のスーパーマンでありキーパーソンでもある。彼がいないと始まらないと言ってもいい。黒木はアスリートですね。一流のアスリートってものすごく神経質なところがあるんですが、黒木がまさにそう。同時に、須田をものすごく尊敬している。それから桜井ですね、彼は一番マイペースなんです。自分が一番若いことをいいことにかなりマイペースにやっている。しかもそれを前面に出さない小器用さ、狡《ずる》さを持っている。最後に、安積班ではないんですが、速水《はやみ》ですね、彼は安積が大好き。ある意味で自分のことより安積のことを心配しているというおせっかいなところがある。マッチョな男ってそういう傾向にある奴がけっこういるんですよね。

こうして見てみると、須田以外はみんな地味なんですよね。ただ〝村雨を苦手と思っている安積〟〝アスリートのような黒木が見た目のさえない須田を尊敬している〟といったふうに、チームとして見た時に、それぞれが立ってくるという工夫をしましたね」

安積班の最初の作品『二重標的《ダブルターゲット》』から21年、こうした登場人物と作者の関係は変わっていくものだろうか。

「安積シリーズを書く時は、いつも古い知り合いに会うような気持ちですね。なんて言っても、21年来の知り合いですから。実際に書く時は、まあ、ケースバイケースで、最初のシーンが浮かぶと書ける時もあるし、この結末が書きたかったというものもある。昔はプロットをきっちり立てていましたが、特に安積シリーズはかなり大ざっぱに書き始めますね。というのも、登場人物と気心が知れているので、キャラクターが勝手に動いてくれるんです。僕の場合、最初からきっちり固めて書くよりも、幅があった方が、でき上がったものは面白い場合が多いようですね」

このシリーズのもう一つの特徴は、安積警部補をはじめ、登場人物の年齢設定だけはずっと変わっていないこと。

「シリーズによっては登場人物に年をとらせていくこともありますが、この作品では誰も年をとっていきませんね。安積はずっと45歳のままだし、桜井はいつまでも26歳で最年少。年をとらせていくと安積警部補はもう定年になってしまいますから、これはまずいでしょう。

彼らの年齢は変わっていないんですが、書く僕自身は年をとっていく、それが結構面白いんですよ。このシリーズを書き始めたのが30代の初めでした。つまり30代の男が見た45歳の安積警部補。だからね、非常に渋いおじさんとして書いているんですよ。20代、30代の頃には、40代半ばの人というとすごい年上のおじさ

んと思っていたでしょ。で、あるとき自分の実年齢が安積警部補を追い抜いてしまうわけです。そのとき、人間って思ったより成長していないことがわかるわけです。自分がその年になると、45歳の男といったって、意外と子供の部分もあるんだなあ、ということがわかる。だから最初の頃の作品と読み比べてみると、彼ら自身が若返っている。そして45歳の男のかわいいところも表現できるようになりましたね」

登場人物の年齢はずっと変わらな

いが、時代背景は小説が書かれた時代を反映しているところもまた面白い。ベイエリアが開発途中だったり、ポケベルを使っていたり、新人類などという言葉が使われていたり……。それでいながらまったく古臭く感じないのは、やはりきっちりと人間が描かれているためだろう。

「87分署のシリーズは1956年から2005年までなんと49年間も書き継がれてきました。このシリーズも安積警部補が45歳のまま50年書いていきたいほどですね」

「ハンチョウ」は現代版「水戸黄門」？

この4月から、いよいよ、TBSドラマ『ハンチョウ～神南署安積班』がスタートした。

「自分で言うのもなんですが、なかなか素晴らしいドラマだと思いました。なんと言っても安積班、とてもいいチームができましたね。みんな仲がいいことが、画面から伝わってきます。僕は原作とドラマとは別物と思っていますが、これはドラマとして成長していってほしいですね」

『ハンチョウ~神南署安積班』は人気時代劇『水戸黄門』とワンクールずつ交互に放映されるが、今野は、時代は違っても表現しているところはとても共通していると思う、と言う。

「『水戸黄門』というドラマは黄門様一人で何でもやってしまうのではなくて、『黄門チーム』のドラマですよね。助さん、格さんがいて風車の弥七、お銀さんがいて、初めてドラマが成立し、問題が解決する。安積班もチームで事件を解決していくんです。そういう意味ではとても共通点があるなと感じています」

テレビでは安積警部補に佐々木蔵之介さんという配役、このキャスティングはイメージ通りだったのだろうか。

「初めて顔合わせをした時は、皆さん私服だったせいか、少し若いかなあ、という印象を受けました。実際に皆さん、役の年齢より4、5歳若いようですしね。でも、撮影が始まり、刑事らしいスーツ姿でいるとまったく違和感ないですね。あまりにもしっくりしているので、さすがと言うか、びっくりするほどです。それから、原作にはいない女性刑事がテレビの安積班に入っているでしょう。黒谷友香さんが演じる水野真帆《みずのまほ》という刑事なんですが、これもなかなかいいんですよ。東京湾臨海署も大きくなったので、近いうちに原作の方でも登場させてみようかなと本気で考えているほどです。

昔から読んでくださっているファンの方には自分なりのキャスティングのイメージがあるかもしれません。安積剛志役は誰で…とかね、それはそれとして、今回は佐々木蔵之介さんを中心としたとてもいい安積班ができました。その成長を温かく見守っていただければと思っています」

そう言って笑ったときの目が、優しそうにほころぶ。

普段は少し怖そうだが、頼りになりそうな兄貴分。

そして、思った、僕の中の安積警部補のイメージは、なんといっても今野敏だ、と。物語の中の安積警部補よりも年上になってしまったけれど。

写真撮影 田中伸司

海外の警察小説シリーズ

安積班シリーズは、今野敏が自らインタビューで語った通り、通常の推理小説ではなく、人間を描く、組織を描くことを小説の主題としている。組織とは即ち警察組織のこと。日本では、明確に確立されていなかった「警察小説」というジャンルに、今野敏は安積班シリーズをもって挑戦したと言えよう。参考にしたのはエド・マクベインの「87分署シリーズ」とコリン・ウィルコックスのヘイスティング警部ものだという。

警察小説とは、海外では「Police Procedural」と呼ばれ、警察の実際の集団捜査を様々な情報を取り入れた形で再現したミステリーである。常に特定の個人の警察官が名探偵として活躍するのではなく、警察組織の中でさまざまな捜査員が事件ごとに主役として活躍するものである。1945年作のトリートの『被害者のV』に始まり、J・J・マリックの「ジョージ・ギデオン犯罪捜査部部長シリーズ」で、警察署内では様々な事件が同時多発的に起きているという、犯罪実話的な現実味が示され、エド・マクベインの「87分署シリーズ」によって完成された。

１９５６年に発表された『警官嫌い』から始まった、エド・マクベインの「87分署シリーズ」は、ニューヨークを思わせる架空の都市、アイソラにうごめく人々が起こす様々な事件に、87分署の面々が取り組む小説。

イタリア系移民の子のスティーブ・キャレラ二級刑事と、相棒の陽気なユダヤ系のマイヤー・マイヤー二級刑事、この2人を中心に、大男の好男子、黒人アーサー・ブラウン二級刑事、気弱でも地道に執念で犯人を追う赤毛に白いメッシュのヘアスタイルのコットン・ホース二級刑事。シリーズの最初ではパトロール警官だったバート・クリング三級刑事。ワイルド過ぎて、ブルというあだ名のロジャー・ハヴィランド三級刑事、さらに日系で署内で「オハイヨー（おはよう）」を流行《はや》らせたタカシ・フジワラ三級刑事、刑事課の責任者のピーター・バーンズ警部などなど、個性あふれる87分署内の人物たちが、チームワークで取り組んで事件を解決していく小説である。警察署を舞台にした小説は、少なくないが、あくまでも「集団捜査」を主軸とした群集劇としての警察小説というジャンルは、やはり「87分署シリーズ」によって創出されたといえる。エド・マクベインが亡くなる２００５年まで（最終作は『最後の旋律』）まで、「87分署シリーズ」は半世紀にもわたり55冊刊行された。

「87分署シリーズ」の『キングの身代金』が黒澤明監督の映画『天国と地獄』の原作であることは知られているが、「Gメン'75」「太陽にほえろ」「特捜最前線」など日本の刑事ドラマの多くが原作として用いるなど、日本における「87分署シリーズ」の影響の大きさは計り知れない。海外でも、「87分署シリーズ」でドラマ化されているほか、ドラマ・刑事コロンボの原作としても使われている。

今野敏が参考にした、もうひとつの警察小説、コリン・ウィルコックスのヘイスティング警部ものは、1970年から80年にかけて書かれた警察ものである。

一人称で書かれているため、群衆劇の印象は薄れるが、なによりも、離婚歴があるなどヘイスティング警部個人の経歴や魅力がダイレクトに伝わる、その筆致がすばらしい。また、刑事たちや警官同士の人間関係がていねいに描かれていて、企業に勤めるサラリーマン同士のような、描写がなされているところが特徴的である。部長の記者会見に振り回される様、同僚のフリードマン警部とのやりとり、部下のカネリ刑事の要領の悪さ、マーカム刑事の出世欲など、ヘイスティングの目からそれらが描かれているところはかなり面白い。また、組織内でのマニュアルを遵守をしたいのだが、なかなかできないことで悩んだりするなど、事件以外に、警察署内で起こる様々なことで葛藤《かっとう》する様は、やはり、安積班シリーズのモデルといえるかも知れない。

『安積班シリーズ』

登場人物紹介

登場人物

安積剛志（あずみ　つよし）

警部補。刑事課強行犯係長。

四十五歳。よれよれのスーツに薄汚れたシャツ、結び目の黒ずんだネクタイを締めた男やもめ。見た目は地味だが、「上司や外部の圧力から身を挺《てい》して部下を守っている」防波堤（「部下」）。強行犯係の部下たちからは絶大な信頼を寄せられている。堅実で慎重だが、事実を丁寧に積み重ね、事件を解決していく。責任感が強く、現場にいる部下たちを助けるのが自分の立場だと考えている。部下を信頼しており、彼らがないがしろにされると、相手が誰であれかばう。しかし、いたわったりねぎらったりするのは苦手で、部下の心情を気にかけていても結局口に出して尋ねることができず、軽い自己嫌悪に陥ることもしばしば。不器用なタイプで、「私は、どうしても大人になりきれないところがある」と自嘲《じちょう》することも。常に冷静さを失わないが、捕り物が近づくと「本当言うとな、刑事は狩りの本能には逆らえないんだ」と高揚する（『暗殺予告』）。昔ながらの威圧的な警官を嫌悪しており、連行された被疑者のすねを蹴《け》った制服警官に「おまえは、被疑者の扱いも知らんのか？」と叱責《しっせき》（『二重標的』）。殺人容疑で取り調べた少年に対し、その疑いが晴れたときにははっきりと謝罪し、「それで、よく警官が勤まるね」と笑われている（『残照』）。若いころに射撃大会でタイトルを取ったこともある銃の名手。愛車はマークⅡの覆面パトカー。仕事熱心なあまり、十年前に妻が家を出て、七年前に正式に離婚した。離婚前から住んでいた目黒区青葉台のマンションに今も住んでおり、電車通勤している。３ＬＤＫが広々と感じられる寂しさを味わいつつ、帰宅後は国産ウイスキーでクールダウンするのが儀式。せいぜい二ヶ月に一度の娘との逢瀬《おうせ》を楽しみにしている。妻とよりを戻すことを考えないでもないが、どうすればいいのかわからないでいる。

村雨秋彦（むらさめあきひこ）

巡査部長。刑事課強行犯係。

三十六歳。大橋と組んでいたが、大橋の異動後は桜井と組む。強行犯係のナンバー2。やせ形で猫背気味。警察官らしい警察官。警察組織の旧態依然としたしきたりを重んじ、杓子定規《しゃくしじょうぎ》な行動を取る。生真面目《きまじめ》で融通のきかない彼に、安積はつい構えてしまう。しかし、仕事ぶりは優秀で非の打ち所がなく、安積の苦手な政治的配慮や事務手続きを上手《うま》くこなす。安積は、後輩を厳しく指導しすぎることを心配したり、感情をあらわにしない彼を勘ぐったりすることがあるが、当人は安積を尊敬していて、安積の前では常に有能な部下でいたいと思っている。桜井が手柄を立てた際には喜び、酔って大はしゃぎした（「部下」）。専業主婦の妻と幼稚園に通う娘がいる。実は家族思いで、『半夏生』では肺炎を起こしかけて入院した妻を、仕事をさしおいて見舞う愛妻家の一面も。

須田三郎（すださぶろう）

巡査部長。刑事課強行犯係。

三十一歳。黒木と組む。安積が部長刑事だったころ、組んで仕事をしていた。そのため、安積のことをいまだに「チョウさん」と呼ぶ（律儀な村雨は、そのことを苦々しく思っているようで、「月齢」でそのことをたしなめるが、安積が「呼び慣れている呼び方でいい」といなすシーンがある）。刑事にしては太りすぎで、いつもヨタヨタと走っている。安っぽいテレビドラマのような、ステレオタイプな表情や仕草をする。人付き合いはうまくなく、他人に同情したり感情移入しやすい。そんな刑事らしからぬコミカルな態度から、署内の評価は高くないが、事件の関係者がつい警戒心を解いて大事なことを話してしまうことがあり、安積は須田を買っている。洞察力が鋭く、思慮深く、他人とは違う着眼点で物事の本質を見抜き、事件を解決に導く発言をすることが少なくない。敷地内の独身寮に住んでいる。寮執行部の委員長。特技はパソコン。実は英語と柔道が堪能《たんのう》。

黒木和也（くろきかずや）

巡査長。刑事課強行犯係。

二十九歳。須田と組む。豹《ひょう》のような精悍《せいかん》な肢体でさっそうと駆け出す。一流のアスリートを思わせる無口で神経質な男。いかなるときも冷静で、動きに無駄がなく、机の上は常に整頓《せいとん》されている。須田とは対照的なタイプだが、他人とは違う能力を持つ須田を尊敬している。「待機寮」では被弾するが、それがきっかけとなって寮執行部委員長としての須田の立場を救う。「こいつは、後輩じゃありません。俺の相方ですよ」と須田は評している（「待機寮」）。仕事で知り合ったナースに恋をしているが、仕事熱心なあまり、なかなか発展しない。敷地内の独身寮に住んでいる。

桜井太一郎（さくらいたいちろう）

巡査。刑事課強行犯係。

二十六歳。大橋が臨海署にいたころは安積と、大橋の異動後は村雨と組む。強行犯係で一番の若手。村雨に忠実で、訓練された犬のように躾《しつ》けられたことを安積は心配しているが、やがて村雨のよきパートナーとして成長していく。若者らしく、安積の知らない若者の文化や風俗などを的確に説明する。毎朝のお茶くみも仕事のうち。敷地内の独身寮に住んでいる。

速水直樹（はやみなおき）

警部補。本庁交通機動隊小隊長。

四十五歳。たくましい体格でさっそうと制服を着こなす。常に堂々としており、自信に満ちあふれた言動をする。愛車のパトカーはトヨタ３０００ＧＴスープラ、白バイは米国ホンダのＧＬ１５００。通称「スープラ隊のヘッド」。臨海署の一階に詰めているが、臨海署交通課ではなく、警視庁直属の交通機動隊に所属する（署の中で交機隊は最も幅をきかせる花形的存在）。安積とは初任科時代の同期で、悪友であり、盟友であり、軽口をたたき合う間柄。仕事帰りに新橋で安積と一杯やることもある。安積を「デカチョウ」と呼ぶが、村雨にたしなめられて「ハンチョウ」と呼ぶことにした。卓越したドライビングテクニックで、部下からは崇《あが》められ、湾岸の走り屋たちからは恐れられている。安積が捜査にのぞむ様子を面白半分で見物しているようなところがあるが、いざというときは愛車を駆り出して協力することを惜しまない。「天下の交機隊」であることを誇示しつつ、本庁所属であることを指摘されると必ず「俺はベイエリア分署の速水だ」と吠《ほ》える。安積と同じく「大人になりきれない男」。高速道路だけでは飽きたらず、署内のパトロールも欠かさない。『残照』では捜査本部に吸い上げられ、暴走族の少年殺人事件を安積とともに追い、華麗なカーチェイスを展開した。神南署では交通課係長。安積と別れた妻の仲を本気で心配している。都内のマンションで一人暮らし。

石倉晴夫（いしくら　はるお）

巡査部長。刑事捜査課鑑識係長。

四十七歳。白髪頭に出動服姿で見かけこそ冴えないが、腕は確かなベテラン鑑識。職人気質で強情だが、安積の無理難題に対してすばらしい成果を上げてくれる頼もしい存在。安積に期待していて、花をもたせようと配慮することも多い。「これだけは約束してくれ。ベイエリア分署の安積警部補は、決して誰にも屈しないとな」と話す（『硝子《ガラス》の殺人者』）。

【本庁】

相楽啓（さがら　はじめ）

警部補。本庁捜査一課強行犯第五係。

三十八歳。一見インテリふうの風貌《ふうぼう》。安積をライバル視している。捜査を警察組織内の出世ゲームと考えているような節があり、手柄にこだわる。犯人を強引に仕立て上げるやり口に、安積は怒りを禁じ得ない。捜査本部で須田と組んだ際、書類仕事を押しつけたことから、怒り心頭に発した安積と口論になる（『残照』）。『二重標的』で安積に敗北してからは、何かとからんでくる。佐治や荻野と組んで捜査本部では必ず対立する。順序や手続きを重んじる杓子定規な性格。利己的な性格で、周囲の人間をしらけさせることもしばしば。根っからの悪人というわけではないようで、『硝子の殺人者』では和解して捜査を進める。

荻野照雄（おぎの　てるお）

巡査部長。本庁捜査一課強行犯第五係。

三十七歳。権力志向が強く、上の言うことには盲従し、下の人間は平気で怒鳴りつける。相楽に気に入られようといつも顔色をうかがっている。『二重標的』では銃撃戦直後の捜査会議中に疲れて居眠りをしていた桜井を怒鳴りつけ、安積を逆上させる。

佐治基彦（さじ もとひこ）

警部。本庁捜査一課強行犯第五係長。

白髪混じりの髪をきっちりとオールバックでまとめた眼光鋭い筋金入りの強行犯担当刑事。相楽の直属の上司。相楽とともに安積に対抗する。

池谷（いけたに）

警視。本庁捜査一課管理官。

ロマンスグレーの切れ者。スーツをびしっと着こなした紳士。穏和な性格で、その場を収めるのがうまい。捜査本部のまとめ役。

鳥飼元次（とりかい　げんじ）

警部補。本庁防犯部保安二課。『硝子の殺人者』

安積の警察学校の同期。巡査時代、同じ管区で派出所勤務に就いており、個人的にも親しかった。現在は警察の出世コースとされる本庁防犯部に所属し、麻薬・覚醒剤に関する犯罪を追う。娘の佐知子がコカインの常習者であることを知り、立場上そのもみ消しを図ろうとするが、安積に説得されて佐知子を検挙。その佐知子から脚本家殺人事件の真相を聞かされ、事件は解決するが、鳥飼は不始末を問われ、辞表を提出する。

岸辺毅郎（きしべ　たけろう）

警視。本庁公安部外事三課。『半夏生』

テロを扱う本庁公安部外事三課所属だが、実は内閣情報調査室に出向している。内閣官房のテロ対策本部のメンバー。安積が報告した外国人行き倒れ事件を、バイオ・テロの疑いがあるとして対策本部を設置した。「ベイエリア分署といえば、強行犯係の安積係長」と言い、所轄署の係長でしかない安積になぜか期待しているが、キャリアらしく官僚的で建前しか話さない彼を安積は警戒する。事件解決後、「本当にこの国のことを思っているキャリアがいることも、知っておいていただきたかった」と安積に打ち明ける。

本多（ほんだ）
警視。本庁警備課長。「暗殺予告」（『最前線』所収）
堂々たる体格と物言いだが、現場の刑事を見下すような冷ややかな態度を示す。

宇津木真（うつぎまこと）
警部補。本庁生活安全部少年課係長。『イコン』
四十五歳。保科と組む。少年犯罪を扱うが、若者の生態を理解するのが不得手。

若い頃、安積と目黒署管内の派出所勤務を経験したことがある。捜査本部で再会した安積が、自分と同い年にもかかわらず堂々と仕事をこなす姿を羨《うらや》む。十八歳の息子と十六歳の娘がいるが、家庭内は冷え切っている。アイドルタレント殺人事件で息子に意見を求めたのがきっかけとなり、家族の会話が復活する。

【東京湾臨海署】

町田（まちだ）

警部。東京湾臨海署刑事課長。

五十歳。「東京ベイエリア分署」シリーズにおける安積の直属の上司。はげ頭に銀縁メガネをかけた小柄な男。無口でおとなしく、安積は内心「いてもいなくても、捜査には、何の影響もない」と思っている（『硝子の殺人者』）。典型的な中間管理職タイプだが、情報収集能力には長《た》けている。

榊原肇（さかきばらはじめ）

警部。東京湾臨海署刑事課長。

「東京湾臨海署安積班」シリーズにおける安積の直属の上司。警察組織のなかでうまく立ち回ろうと努力し、課長になった苦労人。課内に波風を立てまいとする中間管理職の苦労を一身に背負っていることが顔にも表れているような人物。

野村武彦（のむらたけひこ）

東京湾臨海署署長。元方面本部管理官。元高輪署副署長。『神南署安積班』ほか

高輪署の副署長時代、旧東京湾臨海署にいた安積と合同捜査本部で仕事をしたことがある。安積を評価しており、東京湾臨海署の再開にあたって神南署から班ごと戻す画策をした。

中瀬辰雄（なかせ　たつお）
東京湾臨海署生活安全課長。「トウキョウ・コネクション」（『陽炎』所収）ほか
五十がらみ。官僚的な榊原刑事課長とは対照的に、いかにも現場主義の警察官。陣頭指揮を執るタイプ。国際薬物取引事件の捜査本部のメンバーに須田を指名し、それが事件解決につながった。

土井正治（どい　まさはる）
警部補。東京湾臨海署警備課警備係長。「暗殺予告」（『最前線』所収）
真面目で小心者。が、安積と本庁の本多警備課長が衝突した時には、断崖《だんがい》から飛び降りるような面持ちで安積を援護し、安積を感激させる。

木村（きむら）
東京湾臨海署刑事課盗犯係長。『半夏生』

背が低く日焼けしていて、頭はちりちりの天然パーマ。背広ではなくジャンパーを着ているため、ちょっと見には肉体労働者に見える。ひったくり事件とバイオ・テロ事件の関連を疑い、目撃情報を追って自腹で大阪に出張する。これがテロ事件解決への大きな一歩となった。

真島（まじま）
東京湾臨海署刑事課暴力犯係長。『半夏生』
角刈りで肩幅が広く黒いスーツを着て、ヤクザと見分けがつかない風貌をしている。ヤクザのウチコミは手慣れたもの。

下沢義次（しもざわよしつぐ）
東京湾臨海署警備課長。「暗殺予告」「被害者」（ともに『最前線』所収）ほか
機を見るに敏な安積の行動を、心配したりハラハラしたりしつつも応援する好人物。

【神南署】

金子禄郎（かねころくろう）

警部。神南署刑事課長。

神南署シリーズにおける安積の直属の上司。太った体に太い声、昔ながらの刑事で、口は悪いがたたき上げの実力派。中間管理職という立場が苦手で、現場に出るのを好む。安積に面倒な役所仕事を振ってくるが、一方で官僚的な圧力の防波堤となってくれる良き理解者。柔道の名手。

岡田繁明（おかだしげあき）

警部。神南署次長。

五十代。オールバックのロマンスグレー。表向きは穏やかだが、実は公安畑を歩んできた筋金入りの警察官。剣道の高段者で、かつては全国大会に出場したことも。

【三田署】

梅垣（うめがき）

警部補。三田署捜査一係長。『硝子の殺人者』ほか

四十八歳。赤ら顔でずんぐりした体格。典型的なたたき上げタイプの陽気な男。焦らずじっくりと捜査を進めていく。

柳谷（やなぎたに）

巡査部長。三田署捜査主任。『硝子の殺人者』ほか

四十七歳。快活で親しみやすい好人物。捜査の過ちを素直に認めたり、手柄にこだわらないなど警官らしからぬところに安積は好感を持っている。後輩の教育も行き届いており、磯谷、中田、筒井はみな優秀な刑事に育っている。

磯貝（いそがい）
巡査長。三田署。『硝子の殺人者』ほか
三十六歳。がっしりとした体格。

中田（なかた）
巡査長。三田署。『硝子の殺人者』ほか
二十九歳。童顔にニキビ跡が残るスポーツ刈りの若者。

筒井（つつい）
巡査。三田署。『硝子の殺人者』ほか
若手の新人刑事。電話番とお茶くみ担当。生真面目な性格。普段は柳谷と組んでいる。

【その他】

大橋武夫（おおはしたけお）
巡査。旧東京湾臨海署刑事課強行犯係。後に竹の塚署に異動。
二十七歳。旧東京湾臨海署の安積班で村雨と組んでいた。感情を表に出すことのない無口でおとなしい男だったが、ひとたび事件が起きると高揚し、生き生きと活動を始める一面も。その後上野署に異動し、竹の塚署の新設にともなって赴任。事件の頻発する竹の塚署では一人前の刑事の風格を漂わせ、かつての同僚たちを感心させる（『最前線』）。

三国俊治（みくにとしはる）
巡査部長。大井署主任。『夕映え』（『最前線』所収）
安積が初めて刑事になった目黒署地域課での上司。安積に刑事のイロハを徹底的に仕込んだ。池谷管理官の初任科での同期。警察組織の人間関係を気にせず、相手が誰であろうと自分の意見をはっきり言う性格が災いして、出世の波に乗れず、主任のまま定年を待つ身となった。安積と池谷は品川署管内で起きた殺人事件の捜査本部で三国に再会するが、三国より出世していることで気まずさを覚える。「予断が一番いけない」というのが昔からの口癖で、捜査本部でも事実を地道に積み重ね、犯人逮捕の糸口を独自の捜査でつかむ。現場一筋で刑事人生を過ごした三国の姿に「自分もそうありたい」と安積は思う。

奥沢（おくさわ）

警部補。高輪署刑事捜査課係長。『二重標的』

定年を控えた初老の警部補。いかにも人が好さそうに見えるが、内面に刑事らしい厳しさを秘めている。

小野崎（おのざき）
巡査部長。高輪署。『三重標的』
そつなく仕事をこなす、真面目で優秀な刑事。

和久井（わくい）
警部。水上署生活安全課長。「暗殺予告」（『最前線』所収）
ドングリ眼《まなこ》で恰幅《かっぷく》がいい五十がらみの人物。安積が持ち込んだ密航者の遺留品を、暗殺者のものだと看破する。水上署を「水際のプロ」と呼ぶ。

中島茂典（なかじましげのり）
警部。千葉県警交通課交通機動隊中隊長。『残照』
日に焼けた精悍《せいかん》な男。速水と同じ匂いを持つ。

柴岡達広（しばおか たつひろ）

巡査部長。新宿署マル暴主任。『虚構の殺人者』

四十五歳。赤ら顔で眼《め》の据わった刑事。ドスのきいた声で、角刈りで黒い背広を着ているところはヤクザと見分けがつかない。

小倉正（おぐら ただし）

警部補。渋谷署強行犯係長。『警視庁神南署』ほか

地道に確実な成果を上げるベテラン。安積とは同じ仕事をしているよしみで連帯感を持っている。

堀浩司（ほり こうじ）

警部補。渋谷署マル暴。『警視庁神南署』

暴力団と付き合いからその立場を知りすぎて、それがかえって苦労の種になって

いる。多忙な毎日にくたびれているが、安積の頼みを受け入れ、いい成果を上げた。

佐伯英明（さえきひであき）

監察医。『二重標的』ほか

五十歳。溌剌《はつらつ》としたベテラン監察医。管理職だが、今でも現場でメスを振るっている。東京湾臨海署の活性化を安積に期待している。

青山翔（あおやましょう）

ST（科学捜査研究所特捜班）。心理分析の専門家。「科学捜査」（『陽炎』所収）

目を見張るような美貌《びぼう》の持ち主。警察をなめきった態度を取り、真面目な相楽や村雨の反感を買うが、本人はまったく意に介さない。心理学の観点から事件を解決に導く。頭脳明晰《めいせき》だが、つかみどころのない男。整理整頓が苦手らしい。

【女たち】

涼子（りょうこ）

安積の娘。大学生。

二十歳《はたち》。十歳のときに両親が別居、母親と暮らす。快活で優しい娘に成長した。父と母の復縁をひそかに願っている。「私は父親失格だ」と言う安積に、「お父さんは、あたしに確かな生き様を見せてくれた。一番大切な父親の役割を果たしてくれているんだよ」と話し、安積の目を潤ませる（『被害者』）。

山口友紀子（やまぐち ゆきこ）

東報新聞記者。『警視庁神南署』ほか

神南署のサツ回り記者。美人でスタイルも抜群、女性としての魅力は十分。恵まれた容姿を利用してネタをものにしようとする野心家。安積に惹《ひ》かれていて、誘惑するかのような大胆な言動をする。

中澤京子（なかざわ きょうこ）

看護師。『半夏生』

目のくりっとした小柄なナース。黒木の意中の女性。

日本の警察組織解剖図

日本の警察組織は、国の機関としては内閣府の外局である国家公安委員会の管理のもとに、警察庁とその地方機関である東北、関東、中部、近畿、中国、四国、九州の7管区警察局が設置されている。しかし、東京都だけは「東京都警察本部」でなく「警視庁」という名称であり、そのトップの呼び名も「本部長」でなく「警視総監」と呼ばれている。また、警視総監の任命には内閣総理大臣の承認が必要であり、この点も他の道府県警察本部長と異なる。

東京で起きた事件事故を捜査し、解決するのが警視庁の役目。警視庁はあくまでも、日本の首都・東京の安全を守るのが仕事で、全国の警察を管理するのは警察庁の仕事である。

警視庁のトップは、警視総監で、その下に112ページの表にあるような役職の人がいる。このドラマの主人公の安積警部補は、警視庁の下に位置するひとつの警察署の刑事課強行犯係長で役職は警部補。その安積警部補のチームには村雨、須田の巡査部長、巡査の黒木、桜井がおり、5人でチームを作っている。

事件の捜査は、その地域の所轄の警察署が担当するのが普通だが、本庁（警視庁）から担当が送り込まれてくることもあり、その場合は、捜査の主導権は本庁の担当者に移ることが多く、主導権を握る本庁の捜査幹部と、それを支援する所轄署の担当者という図式ができあがることが多い。

本庁と所轄とで、合同の捜査本部が設置されるような場合、現場へ派遣されてくる本庁の捜査指揮官は、役職上は警視以上の人である場合が多く、所轄署では、署長や副署長と同じ階級となる。そのため、所轄の現場の担当者（安積など）は、大変な苦労をしいられることが多い。

警察官といっても、内情は、サラリーマン以上に、上下関係が厳しいところなのである。

警視庁の組織図

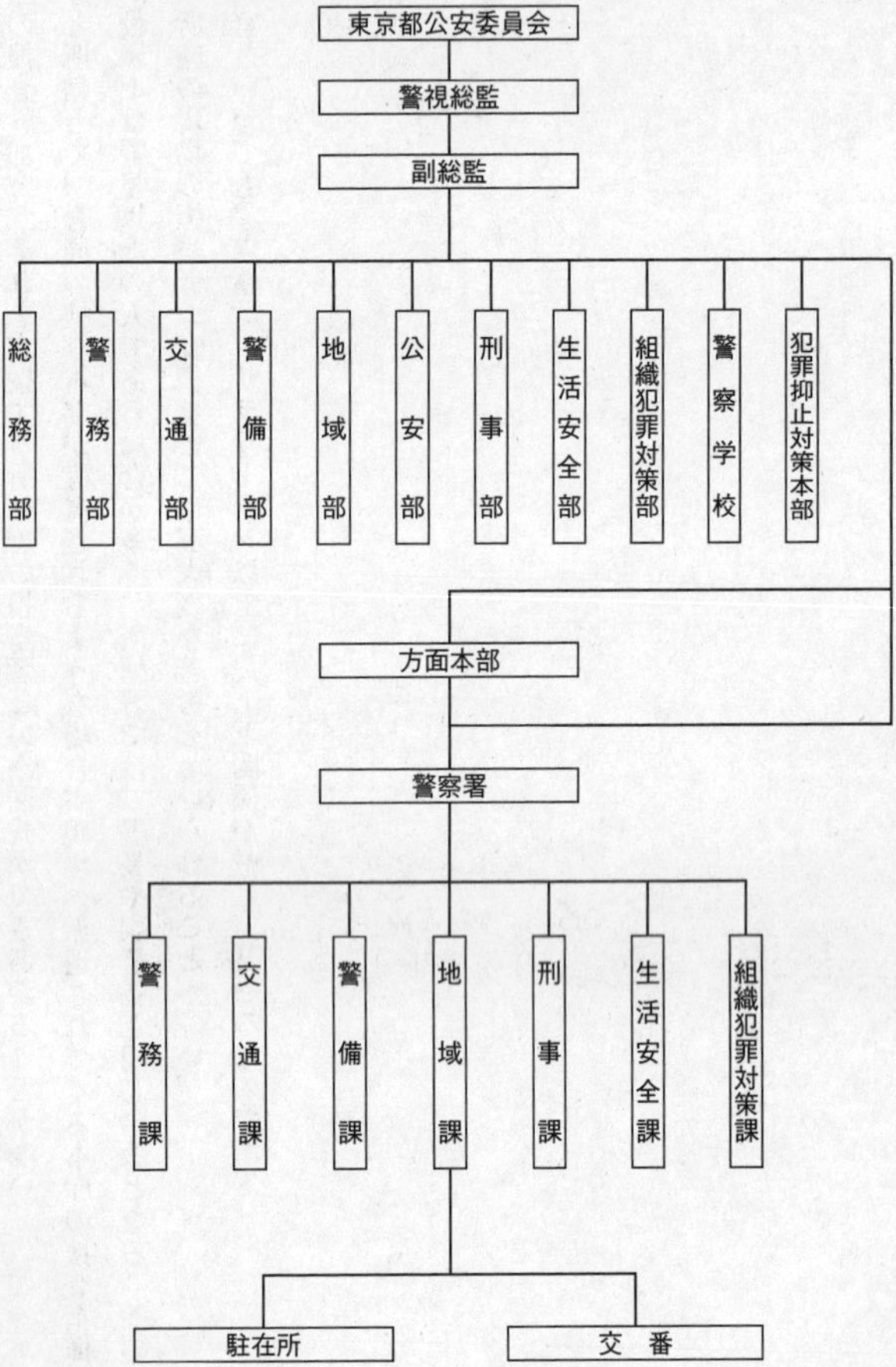
東京都公安委員会
警視総監
副総監
総務部
警務部
交通部
警備部
地域部
公安部
刑事部
生活安全部
組織犯罪対策部
警察学校
犯罪抑止対策本部
方面本部
警察署
警務課
交通課
警備課
地域課
刑事課
生活安全課
組織犯罪対策課
駐在所
交番

警視庁の役職と階級

警察の階級	警視庁の役職	
（警察庁長官）※1	——	
警視総監	警視総監	
警視監	副総監・主要部長	
警視長	部長	
警視正※2	方面本部長・参事官・課長	
警視	理事官・管理官	
警部	係長	
警部補※3	班長・主任	安積
巡査部長	係員	村雨、須田
（巡査長）※4	係員	黒木
巡査	係員	桜井

※1＝警察庁長官は全警察職員の最高位にあたるが、警察法上は階級制度の枠外とされている。そのため法律上、警察庁長官は階級のない警察官となる。

※2＝階級が警視正以上になると国家公務員となり、警察庁の所属となる。

※3＝一般的に警察ではキャリア組（国家公務員Ⅰ種試験採用者）は警部補からのスタートとなる。準キャリア（国家公務員Ⅱ種試験採用者）は巡査部長が初任であり、上記2職は警察庁の採用。また、多くの場合、警視庁の主要な管理職には、警察庁からのキャリアが出向として就いている。

※4＝巡査の上に「巡査長」があるが、これは正式な階級ではなく、巡査のうち一定の条件を満たすものが「巡査長」に任命される（経験豊富ながら巡査部長への昇進を希望しないケースなど）。待遇などは巡査より上で、巡査長としての階級章もあるが、法律上は巡査。

『安積班シリーズ』

全作品解説

『二重標的《ダブルターゲット》　東京ベイエリア分署』

（角川春樹事務所／文庫）１９８８年発表

若者が集まるライヴハウスで30代のホステスが毒殺された。出演バンドのファン層とは異なることに違和感をおぼえた安積警部補とその部下たちは、捜査を進めるうちに同時刻、別の場所で起こった殺人事件を知ることとなる。安積班の記念すべきシリーズ第一作目は、この二つの殺人をめぐる事件である。

この作品が発表された１９８８年は、「ベイエリア」という言葉が新しくおしゃれな響きに聞こえた時代である。東京湾の埋め立て地がウォーターフロントと名付けられ再開発が進む中、若者達の遊び場も六

本木から芝浦の倉庫街へと進出していた。バブル絶頂期には、「ジュリアナ東京」や「ゴールド」といったディスコや、本作の事件現場のモデルとなった「インクスティック芝浦ファクトリー」などの倉庫街のライヴハウスが人気となり、やがてその地域はベイエリアと呼ばれるようになった。安積班の東京湾臨海署が「東京ベイエリア分署」というのは、そうした背景があってのことである。今野敏の、若者の流行に敏感な一面がうかがえる。

もっとも、東京湾臨海署があるのは、まだレインボーブリッジもないお台場である。規模が小さく、仮設のプレハブの建物は「分署」と呼ばれ、同じ敷地内にある交通機動隊の方が幅を利かせていた。管轄は東京湾埋め立て地一帯という微妙なエリアのため、臨海署単独で事件に当たることは少なく、隣接する所轄に常に協力を要請され、おまけに手柄は横取りされてしまうのが常であった。

部下思いの気配り班長、刑事課強行犯係係長、安積剛志警部補率いる安積班の面々が活躍するこのシリーズは、派手なトリックやはっとする謎解《なぞと》きはない、また突出した推理力を持つ人物が大活躍するミステリーでもない。あくまでも、安積班全員で事件解決に当たるというのがこのシリーズの特徴である。安積を含め魅力的な登場人物たちが、いかに各々の個性や長所を発揮しつつ、事件を解決するのかを読む「警察小説」なのである。さらに、警察機構という組織の中で、安積たちがチームとしていかにふるまったかを読むこともできる。

『虚構の殺人者　東京ベイエリア分署』

（角川春樹事務所／文庫）１９９０年発表

東京湾臨海署管内で高所から落下した遺体が発見された。パーティーに出席していたテレビ局の敏腕プロデューサーの転落死だった。安積班は芸能人やテレビ関係者に事情聴取し、事故か、自殺か、殺人かと捜査を進めていく。対立していた同局のプロデューサーが容疑者として浮かぶが、鉄壁のアリバイが安積班の前に立ちふさがる。

シリーズ第二弾、時代はバブル期。「プロデューサー」と呼ばれる人間が注目され、もてはやされた時期でもある。この時、今野敏が取り組んだ最新流

行は、この「プロデューサー」であり、「トレンディドラマ」旋風が起こっていた時代のテレビ業界である。さぞかし華やかに描かれると思いきや、あくまでも今野敏のトレンドを見つめる眼差《まなざ》しは、真面目《まじめ》で庶民的な45歳の中間管理職の安積の視点である。前作のライヴハウスに対する認識もそうだが、安積は「ベイエリア分署」を仕切っているとは思えないほど、巷《ちまた》の流行には一般庶民と同じ感覚しか持ち合わせていない。オタクの須田や、堅物の村雨の方がまだトレンドに敏感である。だが、こうした安積のトレンドに対する素朴さが、ベイエリアという一見派手な場所で起こる事件であっても、決して奇怪な事件ではなく、一般の人々が暮らす日常の中で解決されていくものだという雰囲気を作っている。今回は結果的に業界への好奇心のままに事件を見た須田の推理が光っている。

第一作目同様、安積の敵役として本庁の相楽警部補が登場。安積班の捜査方針に異を唱える。また所轄の三田署の梅垣警部補なども加わって、合同捜査本部では本庁と所轄の微妙な人間関係が繰り広げられることに。

途中、大橋刑事と交通機動隊が自動車窃盗犯を派手なカーチェイスで追いつめるシーンが挟まれるのは、車やパトカーの車種や性能の描写にこだわる安積班シリーズならではである。

『硝子《ガラス》の殺人者　東京ベイエリア分署』

（角川春樹事務所／文庫）１９９１年発表

前作に引き続き、被害者は、テレビ業界の人間、しかも今回は脚本家である。変死体は湾岸通りで発見された車の中にあった。現場から逃走する人影が目撃され、早期解決かと思われたが、容疑者は黙秘を続ける。地道に捜査する安積班だが、またしても、捜査本部には本庁の相楽が登場。

さらに、事件は、麻薬がらみへと発展、本庁の防犯部保安二課から安積の警察学校時代の旧友鳥飼元次警部補が捜査に加わる。

本作で、相楽と安積との確執は、一挙に表面化する。

実は安積は相楽を疑惑の目で見ていたのだった。容疑者の父である有力政治家からの圧力に屈して、捜査方針をねじまげたのではないかと疑っていたのだ。この直接対決により、その疑いは晴れるが、相楽が同じ事件を追及する捜査本部の刑事達を信用せず、強引に自分のやり方で突き進んでいることが発覚するのであった。

前作同様に梅垣警部補など三田署の刑事たちの対抗意識もうずまく。安積班はそんな状況をチームワークで乗り越えていく。

しかし事件は意外な展開を見せる。捜査が進むに従って、安積は鳥飼の娘に疑惑の目を向けることとなった。しかし、警察官である鳥飼の娘の罪を追及することは、鳥飼そのものへの疑惑を追及することにもなり、捜査本部の全体の結束を揺るがすことになるのではないかと安積は悩むのだ。どのように正義を貫き、どのように罪を犯したものを逮捕すべきか。安積班シリーズ第三弾にして、旧ベイエリア分署の最後の巻は、安積にとっては辛《つら》い事件となったのである。また、本書を最後に、大橋刑事が安積班を離れ上野署へと異動となった。

『蓬莱《ほうらい》』（講談社／文庫）1994年発表

バブルの崩壊で新都心開発計画が危うくなり、にぎわっていたベイエリアのトレンディスポットも次々に姿を消していった。『蓬莱』が発表された94年には「ジュリアナ東京」も閉店。「ベイエリア分署」も存在意義を失う。そこで今野敏は、原宿署と渋谷署の間に神南署という新らしい警察署をつくり、そこに安積班をチームごと移動させるという離れ業に出た。交通機動隊の速水隊長もともに異動させていることからも分かるとおり、街ではなく、あくまでも登場人物の個性にこだわってシリーズを存続させることにしたのだ。

とはいっても、原宿と渋谷の間という、やはり、東京でも特別な街に安積班を置いたことは間違いない。芝浦の倉庫街が20代以上のプレイスポットだとしたら、原宿と渋谷はそれよりも若い世代の遊び場である。また、世代に関係なくファッションやアートなどのクリエーターが集う街でもある。本作『蓬莱』の被害者もゲームをクリエイトするプログラマーであった。

コンピュータ・ゲーム・ソフトの製作会社を経営する渡瀬は、ある夜ヤクザ風の男から新商品「『蓬莱』の販売をやめろ」と脅される。『蓬莱』とは、仮想の世界を作り成長させる「箱庭ゲーム」のようなソフト。パソコン用として初めは売り出されていたが、今回新たにスーパーファミコン用（任天堂が発売した当時人気だった家庭用ゲーム機）として売り出す予定だった。しかし、その直後に、ゲームの開発者である社員の大木が駅でホームから転落し亡くなった。事故かそれとも殺人か。疑問を持った渡瀬は、会社員や調査を担当した安積警部補に助けられながら、『蓬莱』に込められた真の謎《なぞ》へと突き進んでいく。

従来の安積班シリーズとは異なり、物語は渡瀬の視線で描かれている。一般人から見た安積刑事が描かれているのは興味深いところだ。また、スーパーファミコンという時代を感じさせる道具を用い、コンピュータ・ゲームという世界に取り組んだ今野敏の〝新しもの好き〟は筋金入りで、警察小説であり現代社会批評でもある作品を創りあげた。『蓬莱』というゲームが徐福《じょふく》伝説と絡んでいるあたりは、本作の奥行きをより広げているといえるだろう。

『イコン』（講談社／文庫）1995年発表

前作に引き続きこの『イコン』も、本来の安積班ものとは異なる書き方がなされている。作者の現代社会への批評眼は、ここでは「オタク」文化へと向けられ、ブログも、ユーチューブも無かった時代のパソコンネットワークコミュニティ「パソコン通信」の中の「ネットアイドル」と、そこに惹《ひ》かれて集まる少年達が描かれている。

本庁少年課所属の宇津木《うつぎ》真《まこと》は、少年課に勤務しつつも、自分の娘や息子が全く理解できない。さらに妻や「家庭」というものも、遠くに感じている45歳の警部補である。ある日若者の行動調査のために、

ネットアイドル〝有森恵美《ありもりえみ》〟のライヴイベントに参加した。その会場でライヴ中に少年が刺されるという事件が起こった。普段は、デスクワークをそつなくこなすことに明け暮れている宇津木は、事件現場とは無縁だった、しかし、目の前で事件が起き、行きがかり上、通報や混乱防止、現場保存など警察官として行動。面倒なことに巻き込まれたと思っていた所に、神南署から安積剛志警部補がやって来た。宇津木はかつて、警察官に成り立ての頃、目黒署管内の交番勤務を安積と共にしたことがあった。事件の捜査に当たる安積の姿に刺激を受けた宇津木は捜査に協力し事件を調べ始める。そこで、宇津木が知ることとなったのは、自分の息子世代の高校生たちの感性であった。捜査を進めるうちに、宇津木は少しずつ息子や娘と心を通わせていくこととなる。

安積班シリーズは一作目から、若者の生態を扱い、それに対し45歳の安積がどう感じるかということが、大切に描かれてきた。父親（大人）が子供（青少年）をどう理解し、どのように導いていくべきか、ということが、テーマとして必ず登場している。安積や、速水が決して対立の立場から少年達を見ることをしないのは、警察官であるなしにかかわらず、大人が正義や倫理観を持って正しく子供を導くべきだという作者の意志のあらわれである。さらに『イコン』には学校での「いじめ」という問題も描かれているのだが、少年達が抱える心の闇《やみ》の前では、宇津木も安積も右往左往するしかない。大人の駄目さを正直に描くところ、そこから目を逸《そ》らさないところも、安積シリーズの特徴である。

『イコン』の事件解決には、安積班きってのオタクである須田刑事や、神南署の交通課係長となった速水も活躍。チーム健在をファンに示してくれた作品となった。

『警視庁神南署』

（角川春樹事務所／文庫）１９９７年発表

『硝子の殺人者』から6年、安積班による警察小説のスタイルが完全復活した作品がこの『警視庁神南署』である。

警視庁神南署は、ベイエリア分署とは街も違えば、事件も違うのだが、渋谷署と原宿署の間の管轄というエリアの微妙さや、新参者、小規模など、何となく従来の組織から浮いたところなどは、ベイエリア分署と良く似ている。

ある夜、39歳の銀行員、山崎照之《やまざきてるゆき》が渋谷の公園で若者集団に襲われ、金を奪われるという事件が起こっ

た。被害者の訴えにより安積班は捜査に当たるものの、数日後その告訴は取り下げられてしまう。すると、今度は、その事件の容疑者と思われた複数の少年達が何者かに襲われ、大怪我《けが》をするという事件が起こる。二つの事件を不審に感じていた安積達の前に、第三の事件が起きる。

作者が、今回注目したのは〝オヤジ狩り〟と、不良債権となった不動産処理という、やはり当時の時事ネタである。

複数の若者が徒党を組んで中高年の男性を襲う暴行・恐喝行為は、まさにこの作品が発表された頃に〝オヤジ狩り〟と呼ばれるようになった。少年たちにとってはカツアゲの感覚だが、罪状としては強盗である。

この〝オヤジ狩り〟に参加した少年を探すシーンは、いかにも安積班らしく描かれている。須田・黒木チーム、村雨・桜井チームがそれぞれに個性を発揮しつつ捜査を展開、安積も速水と組んで聞き込みに回ったり、メンバーをフォローしたりしている。〝オヤジ狩り〟の主犯格の少年タクこと高間卓を、須田、安積、速水がそれぞれの視点で評価しているところは興味深い。中でも「少年が犯罪に走るのは、多くの場合大人の責任なんだ。ちゃんと子供を躾けないからであり、子供が未来に夢を持てないような世の中を作ったからなんだ。少年たちは、そのことで大人たちを怨み憎んでいる。その憎しみをひしひしと感じるからたまらないんだ」と言う須田刑事の言葉には、作者の少年犯罪への見方が示されている。

殺人事件の捜査本部ができると、すぐに本庁から、相楽警部補がやって来て、またしても安積に噛《か》みつくところもシリーズならでは。

また、事件終結に向けて、チーム一丸となって猛ダッシュをかけるところは読み応《ごた》えがある。捜査本部の他のメンバーや、鑑識係までもが安積の人柄ゆえに、一肌脱ぐという展開も感動的である。

『神南署安積班』

（角川春樹事務所／文庫）１９９８年発表

「スカウト」

前作で、若者の犯罪の責任はこの社会とそれを作った大人にあるとした作者が、犯罪者になりそうな若者をどう救うべきかに取り組んだ、安積班ならではの掌編。

都会に出てきたものの何をやってもうまくいかない青年が、職探しに原宿にやって来る、だが、うまくいかずに、ぶらぶらしていると、公園で女の子に絡む男たちに遭遇する。女の子たちを助けたい気持ちもあったが第一にむしゃくしゃする気分を喧嘩《けんか》で

払おうという気持ちがあり、派手な殴り合いをしてしまう。相手が昏倒《こんとう》すると、青年は殺してしまったと思いアパートに逃げ帰る。そこに、二人の中年の警官が現れる。

暴走族や非行に走る少年を更正させることにかけては定評のある速水が、今回もダイナミックにかつパワフルに少年たちを説得する。そして、また、警察官という存在に対する認識が彼の口から語られているのが興味深い。

「噂」

この作品もまた、交通課係長の速水が活躍する物語。

ある時、速水が女子高生と援助交際をしているのではないかという噂《うわさ》がたち、安積は噂の真相を確かめようとそれとなく速水にたずねるが、速水は何も言おうとしない。

安積は密《ひそ》かに速水が何をしているのかをさぐる。この噂を聞きつけた、新聞記者の山口友紀子《やまぐちゆきこ》もまた、速水を尾行する。確かに少女と会っていた速水だが、実は……。

勤務する課は違えど、安積と速水の絆《きずな》は固い。仕事も私生活も含めて信頼し、お互いを思いやっているのが分かる。さらに、そうした二人だからこそ部下に慕われ信頼されていることが分かるエピソードである。

ところで女性新聞記者の山口友紀子は、前作『警視庁神南署』から登場。それなりに美人で独身、安積に特別な感情をもっているように描かれていた。たとえ「警察回り」でも美人の記者につきまとわれるのは、男所帯の安積班にとっては、そわそわしてしまうことなのである。短めのタイトスカートをはいた美人が、なにかにつけて話しかけてきてくれるのは、なんとなくうれしい。しかし、彼女によってもたらされる雰囲気は、チームワークで事件を解決する安積班にとって、その和を乱すのではないかという気がかりを与えるのであった。

「夜回り」

上司と部下の信頼関係、相棒同士の信頼関係、チームメンバー同士の信頼関係。時間をかけて積み上げてきたそうした信頼は、そう簡単には壊れるものではない。しかし、前作から、予感としてあった「女性がもたらすもの」のやっかいさが、本作では語られている。

まだ伏せておくべき事件に関する捜査情報が、新聞に掲載されてしまった。その記事を書いたのは女性記者の山口友紀子。しかも、安積は黒木刑事がその女性記者とデートしていたという噂を速水から聞く。

捜査情報は黒木刑事から漏れたのだろうか。

実直で真面目《まじめ》な黒木が、女性記者に翻弄《ほんろう》されているのではないか？ と安積は思い悩む。そして黒木の相棒である須田に思い切って相談したのだった。

「夜回り」とは、記者が、担当する相手から、色々な話を聞くために、オフの時間におしかけるというもの。警察回りなら、担当する署の刑事の行きつけの飲み屋などを訪ねるのは日常茶飯事である。これが男性記者なら問題にはならない。だが安積は以前の事件のおり、彼女にマンションに押しかけて来られた経験があり、独身の若い部下が彼女と付き合うことになってても仕方がないという思いもあったのだ。

この作品以降、山口友紀子は、役割を終えたかのように登場しなくなる。やはり不協和音をもたらす存在だったのかも知れない。

「自首」

強盗事件の犯人として自首してきたのは、都会のアパートで一人暮らしをする老女だった。たとえ自首してきたとしても、自白による証拠の検証が不十分な場合は起訴できない。捜査を進める内に、同じアパートに住む青年が容疑者として浮上する。老女と青年の関係は？　何故老女は青年を庇《かば》おうとするのか？　取り調べのため安積は老女の話を聞くこととなった。
シリーズでは、様々な場面で、安積の声は不思議に人の心に沁《し》みる声であり、話した人間は不思議と素直な気持ちになれると記述されている。東北訛《なまり》がある老女が、安積の実直な物言いとその不思議な声により心情を吐露するシーンは感動的である。また須田刑事は、事件がおこると、最もかわいそうな人物に対して敏感に反応することがシリーズを通して記述されているが。今回、独居老人の孤独という暗い現実が取り上げられる中で、須田刑事の優しさのエピソードには、なにか救われる思いがする。

「刑事部屋《デカベヤ》の容疑者たち」

今回安積が尋問する相手は刑事部屋に集まったいつものメンバー。この中に確実に〝犯人〟がいる！……。
ほんとうに心を許せるチームだからこそ成り立つショート・ショート的なお話。

安積班のメンバーひとりひとりの性質を浮き彫りにする描写には、思わず笑ってしまう。

「異動」

ある日、桜井刑事は、自分が異動するらしいとか、ベイエリア分署が復活するらしいとサツ回りの記者が話をしているのを聞いた。さらに聞き耳を立てると、記者達は、ベイエリア分署が復活した際、安積がそこに戻るとして、今の班から誰を連れて行くか？という話もしていたのだった。

単なる噂にすぎないと思いながらも、「桜井さんは異動するらしい」と聞けば、自分は安積と共にベイエリア分署に帰れないのか？と内心焦りを感じる桜井。焦るあまり様々な失敗を犯し、ついには追跡していた犯人に監禁されてしまう……。

とうとうベイエリア分署復活の話が登場した。本作は、フジテレビがお台場に移転（97年）し、テレビドラマ「踊る大走査線」が放送され、お台場周辺が注目され始めた98年3月に発表されている。作者は、安積班を、どの時点で東京湾岸に帰そうと思ったのだろうか。初めから、いつかは臨海副都心に戻す気でいたのか、だが簡単には帰らないつもりで、神南署を作ったはずである。それでも98年のこの作品により、ベイエリア分署復活が約束されたと感じた読者も少なくないはずである。

「ツキ」

人間味に溢《あふ》れ、常に一般人や庶民や弱者の立場に感情移入する須田刑事。その刑事らしからぬ所と、実は見識が深い所は、シリーズ内では交通課の速水警部補と人気を二分するところである、太っていて機敏でないところが玉《たま》に瑕《きず》だが、安積班シリーズでは最も安積に愛されている部下である。その須田刑事の刑事としての最大の能力は、実は、「ついている」「運に恵まれている」ところだというのは、速水の意見。本作はその須田の「ツキ」を描いている。

事件は、ロシアンマフィア暗殺計画の情報から始まる。警護態勢がとられるが、足りない人手を補うために神南署の強行犯係から安積・須田・黒木が駆り出された。

「ツキ」まくる須田刑事だが、ここでは、速水の差し金で、柔道大会に参加。スポーツする須田刑事の描写を読むことができるのはうれしい。

「部下」

その日も、村雨刑事と桜井刑事が中心となって連続放火事件を追っていた。安積は、本庁から来た野村《のむら》管理官に呼び出されて、ベイエリア分署が復活するという話を聞かされる。

「異動」では噂に過ぎなかったベイエリア分署復活の話が、本作では遂に現実となって、安積の前に提示される。どのような形で安積が戻るのか、読者の興味はそこに尽きるのだが、新ベイエリア分署の署長の内示を受けている野村管理官もまた、安積に、どのように戻るのかを尋ねるのだった。
しかし、予想通りというか、理想の中間管理職である安積の返事は、「今のメンバーと別れて、一人で臨海署へ行く気にはなれません」というものだった。今のメンバーと仕事をしたい。そうはっきり言えるチームがあるというのは、どれほど素晴らしいことか。「部下」というタイトル作品で、安積の愛する須田ではなく、少し苦手とする村雨刑事が活躍しているところに、シリーズの読者としては感動してしまうのであった。

「シンボル」

駐車場で男の遺体が見つかる。犯行におよんだ青年グループはすぐに特定されたが、その中に若者達のカリスマと呼ばれるアーティストが含まれていた。社会に与える影響や、青少年に与える影響など、神南署のマスコミへの対応が問われる。

神南署の最後のエピソードとして、書き下ろされた本作では、安積が、上司に対してどのような存在であったのかが描かれている。本庁や、上司との間に立ってチームを守ってきた印象が強いが、じつは、直属の課長とはいいコンビであったし、部長、所長にも頼りにされていたのだ。新ベイエリア分署の署長に内定している野村管理官が、安積を連れていきたいと思うだけの理由がここでは描かれている。

新臨海署シリーズ

『残照』（角川春樹事務所／文庫）2000年発表

臨海署に戻った安積班の第一作目。全作を通じ唯一「安積警部補の一人称」で描かれており、安積の心情がより読者に伝わってくる作品となっている。

安積班が戻って来たお台場は、大観覧車のあるパレットタウンが人気スポットとなっていた。安積班は一人も欠けることなくチームごと神南署から異動しており、さらに前作で自らをベイエリア分署のシンボルと言い切った速水警部補も、再び交通機動隊

として、東京湾臨海署に戻っていた。

物語は、そのパレットタウンの大観覧車と、隣の垂直落下方の絶叫マシンの間で死体が発見されて始まる。死体は少年であり、暴行され背後から刺されていた。これは少年グループ同士の抗争による刺殺事件とされ、東京湾臨海署には捜査本部が置かれ、本庁からは、お馴染《なじ》みの佐治係長と相楽警部補がやってくるのであった。これもお馴染みのことだが、捜査本部と安積班との間にはズレがあり、事件に対する解釈が異なっていくのだった。

現場で目撃された車から、暴走族やそれを追う交通機動隊の間で「黒い亡霊」と呼ばれている風間智也《かざまともや》に容疑がかかる。安積は暴走族に誰よりも詳しい速水に捜査協力を依頼するが、速水は一貫して風間は犯人ではないと安積に告げるのだった。

途中「黒い亡霊」のスカイラインと安積を助手席に乗せた速水の「パトカー」スープラとのカーチェイスシーンが登場する。速水が路上で派手な立ち回りを繰り広げるシーンは何度か登場しているが、ここでは、助手席に乗っている安積が初めはスピードに恐怖を感じ辟易《へきえき》としているところからはじまり、筑波山《つくばさん》の峠越えのカーチェイスになると、路上のレースの醍醐味《だいごみ》を理解するに到る。カーチェイスを通じて命のやりとりのようなものを少年としてしまう速水や、その速水に応《こた》えた少年のことを、安積もまたスピードを共にして理解するのであった。

安積、速水ともに通常の警察官の感覚とは異なるが、真実と正義を追求することの二人の刑事の姿勢こそが、安積班シリーズの肝であることは間違いない。

『陽炎《かげろう》　東京湾臨海署安積班』

（角川春樹事務所／文庫）２０００年発表

「偽装」

東京湾のシンボルであるレインボーブリッジ上に放置されていた車の中から、男女連名の遺書が発見された。心中事件かと思われたが、現場を確認した須田は、この心中が偽装だと断言する。しかし死体が発見された……。

須田は、捜査に乗り出す直前に、密《ひそ》かに好きだった女性の相談にのっていた。彼女は近日中に須田の友人と結婚の予定だったが、直前になって心が揺らいでおり、いつも優しい須田に会いにきたのだった。

しかし「どんな結婚も、多かれ少なかれ偽装でしょう」と語り須田の元を去っていった。須田はその言葉に閃《ひらめ》き、この心中が偽装ではないかと捜査していくのであった。

須田が現在31歳で、ちゃんと恋愛もしている？ことが描かれているのは興味深い。安積が部下の恋愛や結婚までもを心配するさまが微笑《ほほえ》ましい。

「待機寮」

待機寮とは、独身警察官の住まいである。安積班の中では須田と黒木がその寮の住人だ。須田はそこでも人の良さを発揮し、寮の執行部委員長を務めていた。寮には、様々な警官が住んでおり、幅を利かせているのは、昇進もせず結婚もしていない体育会系の中園巡査長である。一晩中大騒ぎで酒盛りをしたり、後輩に無理難題を押し付ける中園に若い寮生は辟易《へきえき》としていた。当然須田は、この事態の解決に乗り出すが、相手は犯罪者でなく警官、しかも歳上《としうえ》でふてぶてしい。見かねた黒木が助けに入ると、いじめの矛先は黒木に向けられる。

そんな時、拳銃《けんじゅう》を持った犯人の捕り物が行われる。持ち場を離れて追跡する中園と黒木の前に犯人が立ちはだかる……。

安積班の好青年黒木が、いかに須田を尊敬し、師と仰いでいるかが伝わる作品である。普段は似ていないと感じさせる須田と黒木だが、どれほど酷《ひど》い目にあっても、中園のプライドを重んじる黒木の姿勢は、いかにも須田の弟子筋であることを感じさせる。

「アプローチ」

臨海署管内で少女のレイプ事件が発生した。安積は村雨を事情聴取に向かわせようとするが、村雨は須田の同行を願い出る。

シリーズを通して安積は村雨に苦手意識を持ち、逆に、須田には気安さを感じている。安積は、そのことを常に気に病んでいる。

本作では、その村雨と須田がタッグを組んで事件解決に当たる。面白いのは、安積が、あまりに気にしすぎていることが、浮き彫りになる点である。村雨に対しては罪の意識といっても言い過ぎではない気の使いようだ。
しかし、実際の村雨と須田は、互いに相手を尊敬しており、ごく自然に、意識せずとも共々助け合っていけるチームメイトなのだ。速水に言わせれば「村雨は事実を把握し、須田は心を把握する」。二人が揃《そろ》えば安積の理想の捜査が可能なのである。
事件解決能力よりも人間関係調整能力こそが安積警部補の力である。安積のこの気配りの中で育ったからこそ、村雨も須田も最高の働きをするのだと思わせる一作だ。

「予知夢」

普段はクールに描かれている村雨刑事が、いつも何を考えて捜査に当たっているのかが分かる作品。

村雨は、実は須田にコンプレックスを持っていたのだ。自分には須田のような捜査はできない、感性で閃いて推理することは無理だ、だから地道に仕事をこなすしかない。村雨は常にそう思って仕事をしてきたのだった。捜査のやり方が、杓子定規《しゃくしじょうぎ》であることも自覚している、部下の桜井にも、そのような地道な捜査を教えてきたと。

ところが、単純な喧嘩《けんか》として、少年を無罪放免した夜に、妙な夢を見た。村雨は、その夢のお告げに従って、今度ばかりは捜査をしてみようと決意する。

実は、作者は村雨に冷たすぎるのではないかという印象があったが、安積班長が気を配る中、村雨自身が色々と考えていること、そして部下の桜井をとても大事に思っていることがこの作品では読者に伝えられている。実力もさることながら、その精神性において安積班のナンバー2は間違いなく村雨だということが、この一編でよく分かるのだった。

「科学捜査」

海浜公園で女性の全裸死体が見つかった。現場に駆けつけた安積は、死体の前で超然としている不思議な青年とで会う。本庁の相楽刑事らが連れてきたその青年は、科学的見地から事件を捜査する為に実験的に組織された科学捜査研究所の特捜班＝ＳＴ（警視庁科学特捜班）の青山《あおやま》だった。

今野敏のファンなら、いつかは実現してほしいと思っていた、シリーズのシンクロ化がこの短編では行われている。安積班シリーズに「ＳＴ」シリーズの青山翔《しょう》が登場したのだ。

事件現場で採取された遺留品などからプロファイリングし、心理分析と科学的裏付けをし、さくさくと事件を解決できる能力がある青山の決め台詞《ぜりふ》は「ねえ、もう帰っていい？」。

この態度は村雨や相楽を怒らせるが、安積班の誰もが、その実力は認めざるを得ないのであった。

この作品に限らず、ぜひまた青山君には登場していただきたいものだ。


「張り込み」


イタリアンレストランの前で、安積班は本庁に協力して張り込みをすることになった。車の中で速水と様子をうかがっていた安積は、張り込み中にもかかわらず須田が人々の会話に杞憂《きゆう》する光景を見た。

事件は、人質をとって逃走する犯人を、またしても速水がマークⅡに乗って、ドリフト走法を駆使して追いつめていくこととなる。

しかし、この作品の読むべきところは、捕り物ではない。須田が張り込んでいて、耳にした老夫婦の心あたたまるやりとりだろう。こういう短編こそ、安積班シリーズならではである。

「トウキョウ・コネクション」

前作とは正反対、捕り物メインの作品である。

本庁の国際薬物対策室主導の麻薬取引の逮捕劇に参加することになった安積・須田・速水。須田は国際麻薬取引と聞いて俄然張り切り、パソコン上で手配写真を加工し、変装をシュミレートした画像を作り準備していた。だが須田に期待されていたのは英語力で、本来は所轄の人間として警備の人数合わせに呼ばれたにすぎなかった。しかし、本庁がミスをしホシを逃す中、須田は、勘の良さと機転で香港マフィアの幹部エイク・チャンを発見。安積は、銃撃戦に巻き込まれつつ、またしても速水の運転で追跡することに……。

「陽炎」

これも、安積班ならではのショート作品だ。

受験のため東京で暮らしている予備校生・坂崎康太《さかざきこうた》は、気晴らしに遊びに来たお台場で、次々と不幸に会い、陽炎《かげろう》の立つ炎天下のビルの屋上に、ギャル系の女の子を人質にとって立てこもる羽目になった。

殺人事件は「太陽がまぶしかったから」起きることもある。些細《ささい》な不幸が積み重なり、犯罪は起きてしまうこともある、しかし起きないこともある。彼女と、屋上から飛び降りる自殺まで考えはじめた康太の前に、一人の中年刑事が現れた。

少年の前には「大人として」立つ、安積の揺るがないところが頼もしい。

『最前線　東京湾臨海署安積班』
（角川春樹事務所／文庫）２００２年発表

「暗殺予告」

東京お台場のテレビ局に出演予定の香港映画スター、サミエル・ポーは、香港マフィアに命を狙《ねら》われているという。テレビ局が管内にある安積班も、本庁や周辺の所轄署、警備課と共にスターの警備に駆り出される。一方、同じ日に、管内で密航者を乗せた不審船が検挙された。殆《ほとん》どの密航者は捕まったが、ただ一人行方不明となった人物がいた。東京湾で起きた事件にも責任のある臨海署は、こちらの事件にも人材を送り込まねばならなかった。

村雨と桜井はテレビ局、須田と黒木は密航者事件と割り振り、安積も速水と共にテレビ局へと向かうも、密航者の遺留品を見た須田の報告により、安積は、その密航者こそが、サミエル・ポー暗殺のために差し向けられた殺し屋なのではと疑惑を抱く。

関連があるかないかも分からないのに、下手に動いて大規模な警備態勢を乱すな、という上からのプレッシャーの中、水上署を説得。その後、警備本部に行き、上司や、本庁警備課など、組織にもの申すこととなった。所轄署の係長に過ぎない安積が、自ら信じる捜査を行うためには困難なことが多いと感じる一方、刑事同士が心を通わせて連携すれば、いかに力を発揮できるかも感じさせる一作。

「被害者」

安積には、別れた妻の元にいる二十歳《はたち》の娘がいる。このシリーズにとって、そのことはかなり重要だ。安積が、若者に向ける眼差《まなざ》しは、時として、若い娘を持つ父親の目線と重なる。娘が生きるこの社会では、常に正義が行われていてほしい、常に善が勝る社会であってほしいと安積は願っている。そのために大人として、警察官として何ができるのか、安積は常にそういう姿勢で日々を生きている様に見える。

本作は、そんな安積の父親目線と刑事目線の交差が見える一編。久々に娘の涼子と食事の約束をしていた日に、銃を持った男の立てこもり事件が起こる。

予定通りに娘に会わせてやろうと奮闘する部下。励ましてくれる娘の涼子。安積は、家庭こそ失っているが、思いやりに満ちた人々に支えられているのだった。

「梅雨晴れ」

人間関係の調整が信条の安積が、珍しく失敗してしまう話。

梅雨時。長雨が続くある日、刑事部屋でも小さな行き違いから鑑識課の石倉と若手刑事の言い争いが起こっていた。安積にとって頼りになる石倉も、他の課の若い連中とはうまくいかないこともあるのだ。ところが、そのいざこざをひやかしに来た速水に、安積は思わず心無い一言をぶつけてしまう。速水は、「その言い方は傷つくな……」と言って去っていき、この話を通して安積は、速水を傷つけたことを引きずっているのであった。

だが、目の前の事件にひたむきに取り組む安積班のメンバーたちから、見失ってはならないものがあることを教えられるのだった。

「最前線」

初期ベイエリア分署シリーズに登場していた大橋武夫《おおはしたけお》が再登場！　読者にとっては、成長した元メンバーと、共に事件に当たる安積班を見るのは感慨深い。

物語は、安積班の若手、桜井刑事の視点で語られる。都内の犯罪発生率ナンバーワンの竹の塚署に「東京湾金融業者殺人事件特別捜査本部」が設置された。安積と村雨、そして桜井は応援に訪れたのだが、そこには、かつて同僚だった大橋がいた。桜井は、大橋に対して大人しい人間という印象を持っていたが、今では最前線で戦う「刑事」然とした姿に驚くのであった。

かつて大橋は、現在の桜井のポジションにいた。「飼い慣らされた犬」のようだと安積が心配したほど、無口で従順に村雨に従っていた大橋だった。

安積班の若手とはどういうことなのか、村雨と組まされていることの真の意味とは何か。桜井が大橋から学ぶ一編である。大橋が、村雨への思いを語る下りには、村雨の人となりを知る読者にとっては、思わずこみ上げてくるものがある。

「射殺」

元軍人の殺し屋、キッドを追ってきたロサンゼルス警察の捜査官アンディー・ウッド、安積は彼の案内係に抜擢《ばってき》された。ウッドは銃をできるだけ使わない日本警察の捜査を手ぬるいと批判する。ウッドは銃撃で仲間を失った過去があり、それ故に銃を頼りに単独で犯罪と戦う一匹狼《いっぴきおおかみ》的な刑事となったのだった、だが、あくまでも銃に頼らず、信じる仲間と協力して共に戦う安積のやり方を目の当たりにすることになる。この作品では、白バイに乗った速水の姿が新鮮である。また、安積は実は射撃の選手だったことが明かされる。

「夕映え」

殺人事件の捜査本部に応援に訪れた安積は、かつて彼を指導してくれた刑事・三国《みくに》と再会する。定年間際の三国は、自分より下の階級で退職するという。しかも、昔と同じように地道に事実を積み上げていく捜査をしている三国に安積は複雑な思いを抱いた。殺人事件の捜査本部でも、本庁の指示に異を唱え、安積は思わず三国と行動を共にしてしまうのだった。

本作での白眉《はくび》は、安積が村雨に話しかける場面である。あと20年たって部下だった桜井が自分より階級が上になったらどう思うか？　と、安積は村雨にたずねる。

すると村雨は、気を使われるのが嫌だから会わないようにすると言い、さらに「もし、桜井が俺より出世したら、俺は誇りに思いますよ」と答えるのだった。

部下に気を使い、上司や本庁から部下を守ることは得意の安積だが、世話になった先輩への接し方を本作では習得したのかもしれない。

『半夏生《はんげしょう》　東京湾臨海署安積班』
（角川春樹事務所／文庫）２００４年発表

お台場のショッピングモールで一人のアラブ系外国人が倒れた。身元不明、原因不明の高熱という症状で病院に搬送された。アメリカの同時多発テロ以降、警察上層部からの通達で、外国人が関与する事件、特にアラブ系の人間が関《かか》わる案件はすべて上層部にあげるようにという指示が出ていたため、安積はこの件も念のため上に報告した。間もなく、深夜にもかかわらず緊急召集がかかった。正体不明の病原菌か、ウイルスによるバイオ・テロの可能性から、その外国人に接触した白バイ隊員と、須田と黒木は

病院で検査を命じられる。

そうこうするうち、内閣官房テロ対策本部ができ、東京湾臨海署に、その対策本部が設置される。アラブ系外国人の身元を洗うことと新たな感染を防ぐことが、対策本部の主な仕事なのだが、こうしたバイオ・テロへの対策が想定されていなかったため、現場は、様々なことに振り回されていく。

いつもならチームワークで事件解決に当たるのが安積班なのだが、須田と黒木は病院に隔離、村雨は妻が病気でほとんど動けず、速水もお台場を封鎖するために交通機動隊として出動中という状態。今回、安積と行動するのは最年少の桜井である。対策本部が右往左往し、社会的にも混乱が広がる中、安積は自分の信じる捜査を、上からのプレッシャーと戦いながら、協力してくれる警察官と共に行っていくのだった。

作者は、これまでも、最先端の流行《トレンド》を事件にしてきた。この作品では、バイオ・テロがそのトレンドにあたる。安積たちの混乱ぶりは、この国のテロ対策が万全でないことを浮き彫りにしている。例えば致死率の高い病原菌の検査などが日本国内ではできず、アメリカに検査を依頼しなくてはならない。結果を待つ間に、混乱は広がり、病院に人が押しかけ、本来の機能を果たせないことなどが描かれている。奇しくも、2009年に新型インフルエンザが世界的流行した時、実際にひたすら隔離し感染を防ぐしか対策がなかったことを考えれば、作者の指摘の正しさに驚く。

混乱の中でも、村雨を思いやったり、黒木の恋愛を皆が応援したり、安積班ならではの心あたたまるエピソードもしっかり描かれている。

『花水木《はなみずき》　東京湾臨海署安積班』

（角川春樹事務所／文庫）２００７年発表

「花水木」

お台場潮風公園で男性の遺体が発見された。殺人事件かと、すぐに捜査本部が臨海署に設置され、いつも通り、本庁からは相楽がやってくる。対応に追われる安積班だが、須田だけは近隣で起こった若者同士の傷害事件を捜査することに。

肩がぶつかった程度で起こった喧嘩《けんか》だったが、須田は被害者の「ハナミズキの匂いがした」という証言に疑問を感じたのだった。この須田の疑問出しと村雨の詳細な報告書が、捜査を、別の角度からの取

り組みへと導くのであった。これもまたいつも通りである。

しかし、まったくいつも通りでないことも描かれている。なんと相楽と速水が組んで仕事をしているシーンが描かれているのだ、しかも意外なことに、何の齟《そ》齬《ご》もなく意見交換を行っている。これは、速水の、誰に対しても本音でぶつかるという個性のなせる技なのかもしれない。

「入梅」

梅雨入りの不安定な天気の白昼、コンビニで強盗事件が発生した。防犯カメラがたまたま壊れていたということで、そのことを知っている人間が疑われ、コンビニの従業員を中心に捜査が行われる。

そんな時、安積は課長から、部下に昇進試験受けさせてはどうかと言われる。須田はともかく、村雨は管理職に向いているかも知れないと思う安積だが、試験を受ける意志があるかどうか、なかなか話を切り出すことができない。

シリーズの読者としては、いいかげん、安積と村雨の距離が縮まっても良さそうなものなのにと思う。特に臨海署に戻って来てから二人が築いてきた絆《きずな》を考えれば、お互いに、相手を思う感情が強すぎて、どぎまぎしているように見える。

「薔薇《ばら》の色」

安積、速水、須田、村雨は、久しぶりに行きつけのカウンターのみの小さなバーでグラスを傾けた。お酒が回った頃合いで、速水は三人がどれだけ優秀な刑事か試そうと、一つの余興を始める。普段店に飾られているバラの色は赤なのだが、その日、黄色だったのは何故かという謎《なぞ》が提出される。

シリーズの短編連作に、時々現れる、事件が全く登場しない、オフタイムの刑事たちの様子を描いた物語。

「月齢」

満月が昇る、蒸し暑い夏の夜。臨海署の一夜を追った短編。暑さと湿度のせいで、強行犯係のある部屋はおかしな雰囲気になっていた。何故かこの部屋にいる時の安積たちは、暑さと湿気に弱い。村雨はいらだっており、須田はぼーっとしている。それでも事件は次々に起こる。喧嘩騒ぎ、傷害事件、大観覧車に登る男……。そして、ついには「狼男《おおかみおとこ》」が現れたとの通報が入る。

実際の満月の夜は、事故や事件が増えるというが、「狼男」出没事件は、果たして事件と言えるのだろうか。都市伝説に振り回されて夜を右往左往する安積はやがて自身も「狼男」に遭遇することに……。

ところで観覧車のあるパレットタウンは、10年限定の土地利用であるため、2010年5月には撤収、更地にして東京都に返還することになっているという。観覧車やヴィーナスフォート、Zeep東京など施設全体が姿を消すことになる。

この観覧車があまり好きではない安積は、すべてが消えた時にはどう思うのであろうか。

「聖夜」

クリスマスに恋人と過ごしたい場所ランキングで、お台場は、東京ディスニーランドに次ぐ人気のスポットである。臨海署もクリスマス・イブはお台場の人口密度が高くなるため、忙しい。そんななか、お台場で男がナイフで刺されるという傷害事件が発生した。そのために緊急配備（＝キンパイ）がかかってしまった。キンパイとなると、関係する所轄署すべての署員が通常の仕事を一時棚上げにして、この傷害事件の犯人を追わなければならないのだった。安積は部下たちがクリスマス・イブをプライベートで過ごせることを願いながら、事件の解決を急ぐのだった。

しかし病院に搬送された被害者が、何故か病院から逃げ出してしまう。男の行方を捜す安積たちは聖夜の〝奇蹟《きせき》〟に遭遇することに……。

■

安積班のシリーズが始まってから20年、時代が小説に追いついて、2008年3月31日に、現実の東京湾岸警察署がこのシリーズと同じ江東区青海《あおみ》に開設された。この短編以後の作品では、安積たちも新庁舎に入居している。

安積は事件が解決した後、署に戻る際、ふと「潮の香り」を感じる時がある。警察小説のスタイルを、東京湾臨海署安積班で完成させたこのシリーズ、今後も楽しみである。

東京湾岸警察署案内

2008年に、実際に誕生した警視庁東京湾岸警察署は、安積班シリーズの「東京湾臨海署（ベイエリア分署・湾岸分署）」と同じ東京都江東区青海《あおみ》二丁目に存在する。

この、警視庁東京湾岸警察署との関連には、署の名前が、都民からの複数の応募案から地元住民の圧倒的な支持を集めて「東京湾岸署」となされたためテレビや映画で知られる「踊る大走査線」シリーズがよく引きあいに出され語られる。

しかし、1997年に始まった「踊る大走査線」よりも、10年近く前の1988年に刊行された今野敏の「東京湾臨海署」シリーズの「ベイエリア分署」に、東京湾の埋め立て地に建つ警察署というイメージの原点があることはまちがいないだろう。また「東京湾臨海署」も名称候補のひとつに上がっていた。

「お台場」などをはじめとする東京湾岸地区（港区・江東区）の急速な発展に伴い、東京湾に新たな警察署を設けるための予算が組まれたのは2005年。東京都議会で庁舎建設契約が議決され、東京水上警察署を廃して周辺所轄である深川警察署、城東警察署、三田警察署、愛宕《あたご》警察署、大井警察署、大森警察署、高輪《たかなわ》警察署などの管轄を調整・機能強化する形で新設されることとなった。警視庁では

1998年の竹の塚警察署以来、10年ぶりの新設署である。現在までのお台場の流れを見てみるとざっとこうなる。


1987年（昭和62年）「臨海副都心開発基本構想」が決定。お台場の開発が始まる。

1993年（平成5年）レインボーブリッジ開通し、首都高速11号台場線により都心と直結。

1995年（平成7年）青島幸男都知事により世界都市博覧会中止が決定。

1995年（平成7年）東京都により、東京7番目の副都心に指定。

1995年（平成7年）ゆりかもめ新橋～有明間で開業。

1995年（平成7年）テレコムセンター（東京テレポートセンター）が完成。

1996年（平成8年）東京臨海高速鉄道りんかい線が開業。

1996年（平成8年）東京都立シンボルプロムナード公園開園。

1996年（平成8年）ホテル日航東京開業。

1996年（平成8年）東京都立お台場海浜公園開園。

1997年（平成9年）フジテレビ本社屋が河田町から台場地区に移転。

1997年（平成9年）青海南ふ頭公園開園。

1998年（平成10年）ホテルグランパシフィック・メリディアン（現ホテルグランパシフィック・ル・ダイバ）開業。

1999年（平成11年）パレットタウン開業。

2000年（平成12年）アクアシティお台場開業。

2000年（平成12年）メディアージュ開業。

2000年（平成12年）東京港湾合同庁舎竣工。

2001年（平成13年）トレードピアお台場（日商岩井東京本社ビル）竣工。

2002年（平成14年）りんかい線が大崎まで延伸され、全線開業。JR埼京線との相互直通運転の開始により、渋谷・新宿・池袋の各副都心と直結される。

2003年（平成15年）大江戸温泉物語開業。

2004年（平成16年）石原慎太郎東京都知事が施政方針演説にて、2005年度予算に臨海副都心の警察署新設経費を盛り込むことを発表。

2006年（平成18年）ゆりかもめが豊洲まで延伸され、晴海通りが有明地区に接続。

2007年（平成19年）乃村工藝社新本社ビル、台場ガーデンシティビル竣工。（台場地区の開発が完了）。6月27日に、新設警察署の名称が「東京湾岸警察署」に決定。

2008年（平成20年）東京湾岸警察署が開署。


基本データーなどは以下の通りである。

正式名称　警視庁東京湾岸警察署
略　　称　TWPS（Tokyo Wangan Police Station）
規　　模　警視庁大規模警察署（署長の階級は警視正）　署員数370名
設置方面　警視庁第一方面

設置住所　東京都江東区青海二丁目56番4号
近隣施設　船の科学館、東京港湾合同庁舎、フジテレビ本社、レインボーブリッジ、首都高湾岸線など。

署内組織
署長（警視正）　副署長（警視）　刑事課／交通課／地域課／警務課／警備課／舟艇課（水上署から引継ぎ設置）／生活安全課／組織犯罪対策課

管轄地など
東京23区内では最も広い面積（江東区新木場から品川区八潮にかけての区域）を、約370人体制で管轄する大規模署である。
また管内は高層マンションなどの建設ラッシュによる住民増加が顕著であることに加え、東京都が誘致を進めている、2016年夏季オリンピック（東京オリンピック構想）の関連施設建設予定地にも選ばれている。
地域には、お台場海浜公園駅前交番、第五台場交番、大田市場前交番、都橋交番、辰巳交番、新木場駅前交番、大井埠頭地域安全センター、新木場地域安全センターがある。

特徴

警視庁で唯一、水上を担当している舟艇課を「水上安全課」と改称して、東京水上署から引き継いだため、水上警備艇（正式名称：警察用船舶）も保有している。８m型警備艇―すいせん、ひめゆり、わかちどりなど15隻、12m型警備艇―あさしお、しおかぜなど9隻、20m型警備艇―ふじ、と現在は25隻の警備艇を保有しており、警備艇の待機場所として、隅田川水上派出所、中川水上派出所、豊洲運河水上派出所、日の出ふ頭水上派出所、羽田水上派出所がある。なお、旧東京水上署の庁舎は東京湾岸署開署後も「東京湾岸警察署別館」となり、水上安全課が引き続き使用している。

拘置所も、警視庁管轄の警察署の中では最大となる、１９２人を収容できる大規模な留置場や、一時的に留置人を隔離する「留置保護室」も6室が整備されている。

独身寮は建物内に設置されている。さらに屋上には船舶の航行を見張るために東京港全体を見渡すことのできるガラス張りの監視台が設置されている。

「踊る大走査線」の湾岸署の外観を真似《まね》て作られた、庁舎正面の外壁には発光ダイオードで警視庁のマスコット「ピーポくん」と「Tokyo Wangan」の青い文字がそれぞれ浮かび上がる趣向がこらされ、お台場という観光地の観光スポットとしても考えられた作りとなっている。ちなみに、ピーポくんが外壁に取り付けられるのは、警視庁管轄の警察署では初めてである。

なお、今野敏が、88年に想定した、安積班の勤める東京湾臨海署、湾岸分署（ベイエリア分署）は「有明北」「有明南」「青海」「台場」という比較的狭い範囲が管轄地域であった。にもかかわらず、隣接する所轄での事件には必ず出向していたことを思えば、現実に、再編された、都内一の広範囲の管轄というのもうなずける。埋め立て地に立つプレハブの仮設署に馴染《なじ》んでいる安積班だが、この地域の変遷と共に、彼らも、こうした新庁舎に引っ越すのかどうか、楽しみである。

◆今野敏　著作リスト◆

1　ジャズ水滸伝（講談社）１９８２年2月
超能力セッション走るハイパー・サイキック・カルテット（講談社文庫）１９８９年2月

2　超能力者狩り（講談社ノベルス）１９８５年2月
超能力者狩りハイパー・サイキック・カルテット2（講談社文庫）１９８９年8月

3　妖獣のレクイエム超能力者シリーズ2（講談社ノベルス）１９８６年2月
妖獣のレクイエムハイパー・サイキック・カルテット3（講談社文庫）１９９０年3月

4　超人暗殺団超能力者シリーズ3（講談社ノベルス）１９８６年11月
超人暗殺教団ハイパー・サイキック・カルテット4（講談社文庫）１９９０年8月

5　復讐のフェスティバル超能力者シリーズ4（講談社ノベルス）１９８７年8月
復讐のフェスティバルハイパー・サイキック・カルテット5（講談社文庫）１９９１年5月

6　裏切りの追跡者超能力者シリーズ5（講談社ノベルス）１９８８年3月

7　怒りの超人戦線超能力者シリーズ6（講談社ノベルス）１９８９年1月

8　レコーディング殺人事件（講談社ノベルス）１９８２年12月

9 海神の戦士（トクマ・ノベルス）1983年3月、（徳間文庫）1988年7月
10 聖拳伝説（トクマ・ノベルス）1985年5月、（徳間文庫）1988年12月
11 聖拳伝説2（トクマ・ノベルス）1986年8月、（徳間文庫）1989年6月
12 聖拳伝説3（トクマ・ノベルス）1987年3月、（徳間文庫）1989年12月
13 怪物が街にやってくる（泰流社）1985年7月、（大陸ノベルス）1988年7月
14 新人類戦線〝失われた十支族〟禁断の系譜（広済堂ブルー・ブックス）1986年5月
改題 新人類戦線1ユダヤ十支族の系譜（天山文庫）1988年6月
改題 ユダヤ十支族 封印の血脈（学研M文庫）2002年1月
改題 特殊防諜班 連続誘拐（講談社文庫）2008年12月
15 聖卍（スワスティカ）コネクション（広済堂ブルー・ブックス）87年1月
新人類戦線2聖卍（スワスティカ）コネクション（天山文庫）1988年8月
改題 聖卍コネクション 封印の血脈Ⅱ（学研M文庫）2002年3月
16 ユダヤ・プロトコルの標的新人類戦線シリーズ（広済堂ブルー・ブックス）1987年8月
改題 ユダヤ・プロトコルの標的 封印の血脈Ⅲ（学研M文庫）2002年5月
17 過去（シュパンダウ）からの挑戦者新人類戦線シリーズ（天山ノベルス）1988年6月
18 失われた神々の戦士新人類戦線シリーズ（天山ノベルス）1988年12月

19 黒い翼の侵入者新人類戦線シリーズ（天山ノベルス）1989年10月
20 千年王国の聖戦士（メシア）新人類戦線シリーズ（天山ノベルス）1990年10月
21 茶室殺人伝説（サンケイ・ノベルス）1986年5月
22 夢見るスーパーヒーロー（光風社ノベルス）1986年10月
改題　夢拳士（ドリーミングヒーロー）アイドルを救え（天山文庫）1990年2月
23 切り札部隊（トランプ・フォース）（扶桑社）1988年3月
24 トランプ・フォース　狙われた戦場（扶桑社）1989年4月
25 ミュウ・ハンター最後の封印（トクマ・ノベルス・ミオ）1988年5月
26 東京ベイエリア分署　安積警部補シリーズ（大陸ノベルス）1988年10月
改題　二重標的（ダブルターゲット）（ケイブンシャ文庫）1996年4月
（角川春樹事務所）2006年4月
27 虚構の殺人者　東京ベイエリア分署2（大陸ノベルス）1990年3月
改題　虚構の標的（ケイブンシャ文庫）1997年9月
虚構の殺人者　東京ベイエリア分署（角川春樹事務所）2006年10月
28 硝子の殺人者　東京ベイエリア分署3（大陸ノベルス）1991年5月
硝子の殺人者（ケイブンシャ文庫）1998年11月（角川春樹事務所）2006年9月

29 警視庁神南署 新・安積警部補シリーズ（ケイブンシャノベルス）１９９７年５月
（ケイブンシャ文庫）２０００年１月
警視庁神南署（角川春樹事務所）２００７年２月
30 友！日本冒険作家クラブ編「戦場を去った男」所収（徳間文庫）１９８８年11月
31 闘！日本冒険作家クラブ編「ビギナーズ・ラック」所収（徳間文庫）１９９３年８月
32 男たちのワイングラス（ジョイ・ノベルス）１９８９年４月
改題 マティーニに懺悔を（ハルキ文庫）２００１年２月
33 遠い国のアリス（広済堂ブルー・ブックス）１９８９年４月
34 秘拳水滸伝（ノン・ノベル）１９８９年６月
秘拳水滸伝１・如来降臨篇（ハルキ文庫）１９９８年６月
35 秘拳水滸伝２凶剣軍団の逆襲（ノン・ノベル）１９９０年９月
秘拳水滸伝２・明王招喚篇（ハルキ文庫）１９９８年７月
36 秘拳水滸伝３怒りの神拳（ノン・ノベル）１９９１年11月
秘拳水滸伝３・第三明王篇（ハルキ文庫）１９９８年８月
37 秘拳水滸伝４完結編最後の聖拳（ノン・ノベル）１９９２年11月
秘拳水滸伝４・弥勒救済篇（ハルキ文庫）１９９８年９月

38 ガイア戦記（トクマ・ノベルス）1989年7月
39 犬神族の拳（トクマ・ノベルス）1990年2月
40 犬神族の拳2謀殺の拳士（トクマ・ノベルス）1992年2月
41 宇宙海兵隊（徳間文庫）1990年6月
42 宇宙海兵隊2ジュピター・シンドローム（徳間文庫）1991年12月
43 闘神伝説1（KKベストセラーズ）1990年12月
44 闘神伝説2（KKベストセラーズ）1991年4月
45 闘神伝説3（KKベストセラーズ）1991年9月
46 闘神伝説4（KKベストセラーズ）1991年12月
　 闘神伝説上・下（徳間文庫）1995年2月
47 聖王獣拳伝（天山ノベルス）1991年5月
48 聖王獣拳伝2（天山ノベルス）1992年4月
49 覇拳聖獣鬼（HITENNOVELS）1993年4月
50 覇拳必殺鬼（HITENNOVELS）1993年10月
51 覇拳飛龍鬼（HITENNOVELS）1994年7月
52 覇拳葬魔鬼（HITENNOVELS）1995年3月

53 孤拳伝 黎明篇（C★NOVELS）1992年2月
54 孤拳伝 迷闘篇（C★NOVELS）1992年11月
55 孤拳伝 烈風篇上・下（C★NOVELS）1993年3月
56 孤拳伝 流浪篇（C★NOVELS）1993年9月
57 孤拳伝 群雄篇（C★NOVELS）1994年7月
58 孤拳伝 龍門篇（C★NOVELS）1994年10月
59 孤拳伝 春秋篇（C★NOVELS）1995年4月
60 孤拳伝 覚醒篇（C★NOVELS）1995年11月
61 孤拳伝 沖縄篇（C★NOVELS）1996年11月
62 孤拳伝 完結篇（C★NOVELS）1997年5月
63 拳鬼伝（トクマ・ノベルス）1992年6月
（徳間文庫・バトラーツの石川雄規との対談付き1999年1月）
64 賊狩り 拳鬼伝2（トクマ・ノベルス）1993年2月
65 鬼神島 拳鬼伝3（トクマ・ノベルス）1993年6月
66 25時のシンデレラ（ジョイ・ノベルス）1992年6月
67 闘魂パンテオン（大陸ノベルス）1992年7月、（徳間文庫）1993年6月

68 逃げ切る（ノン・ノベル）1993年7月
改題 ナイトランナー（ハルキ文庫）1999年2月
69 追跡原生林北八ヶ岳72時間の壁（ノン・ノベル）1994年4月
改題 チェイス・ゲーム（ハルキ文庫）1999年3月
70 血路（ノン・ノベル）1995年4月
改題 バトル・ダーク（ハルキ文庫）1999年4月
71 拳と硝煙（トクマ・ノベルス）1994年4月（徳間文庫）2007年12月
72 蓬萊（講談社）1994年8月（講談社ノベルス）1996年6月（講談社文庫）1997年7月
73 シンゲン（ジョイ・ノベルス）1994年9月
74 鬼龍（カドカワノベルス）1994年11月
75 事件屋（光風社ノベルス）1994年12月
76 38口径の告発（トクマ・ノベルス）1995年2月（幻冬舎文庫）1998年10月
77 イコン（講談社）1995年10月、（講談社文庫）1998年8月
78 龍の哭く街（HITENNOVELS）1995年11月
79 大虎（ダーフー）の拳（トクマ・ノベルス）1996年3月
80 波濤の牙（ノン・ノベル）1996年4月、（ハルキ文庫）2004年2月

81 リオ（幻冬舎）1996年7月（新潮文庫）2007年6月
82 触発（中央公論社）1996年9月（C★NOVELS）1998年10月（中公文庫）2001年4月
83 慎治（双葉社）1997年8月、（二葉文庫）1999年10月
84 スクープですよ！（実業之日本社）1997年9月
85 惣角流浪（集英社）1997年10月（集英社文庫・解説 夢枕獏）2001年10月
86 ST―警視庁科学特捜班（講談社）1998年3月（講談社文庫）2001年6月
87 朱夏（幻冬舎）1998年4月（新潮文庫）2007年10月
88 レッド（文藝春秋社）1998年8月、（ハルキ文庫）2003年4月
89 熱波（角川書店）1998年10月、（ハルキノベルス）2001年8月（ハルキ文庫）2004年8月
90 神南署安積班（ケイブンシャノベルス）1998年11月（ハルキ文庫）2001年12月
91 時空の巫女（ハルキノベルス）1998年12月（ハルキ文庫）2009年5月
92 アキハバラ（中央公論新社）1999年4月、（C★NOVELS）2001年11月
（中公文庫）2004年2月
93 ST―毒物殺人（講談社）1999年9月、（講談社文庫）2002年9月
94 残照（角川春樹事務所）2000年4月、（ハルキノベルス）2002年6月（ハルキ文庫）2003年11月
95 神々の遺品（双葉社）2000年7月（双葉文庫）2002年12月

96 陽炎（角川春樹事務所）2000年9月（ハルキ文庫）2006年1月
97 わが名はオズヌ（小学館）2000年9月（小学館文庫）2003年9月
98 襲撃（徳間文庫）2000年10月
99 ビート（幻冬舎）2000年11月、（幻冬舎文庫）2005年3月（新潮文庫）2008年4月
100 山嵐（集英社）2000年11月（集英社文庫）2003年2月
101 ST—黒いモスクワ（講談社）2000年12月（講談社文庫）2004年1月
102 陰陽祓い（学研M文庫）2001年7月
103 宇宙海兵隊　ギガース（講談社ノベルス）2001年10月（講談社文庫）2008年7月
104 宇宙海兵隊　ギガース2（講談社ノベルス）2002年6月（講談社文庫）2008年8月
105 宇宙海兵隊　ギガース3（講談社ノベルス）2003年6月（講談社文庫）2008年9月
106 虎の道　龍の門　壱（C★NOVELS）2001年10月
107 虎の道　龍の門　弐（C★NOVELS）2002年2月
108 虎の道　龍の門　参（C★NOVELS）2002年6月
109 曙光の街（文藝春秋）2001年11月、（文春文庫）2005年9月
110 人狼（徳間文庫）2001年12月
111 武打星（毎日新聞社）2002年3月、（C★NOVELS）2005年2月（新潮文庫）2008年12月

112 殺人ライセンス（メディアファクトリー）2002年5月（実日ジョイ・ノベルス）2008年2月
113 最前線（角川春樹事務所）2002年5月（ハルキ文庫）2007年8月
114 海に消えた神々（双葉社）2002年9月（双葉文庫）2005年3月
115 ST―青の調査ファイル（講談社ノベルス）2003年2月（講談社文庫）2006年5月
116 憑物祓い（学研M文庫）2003年2月
117 ST―赤の調査ファイル（講談社ノベルス）2003年7月（講談社文庫）2008年6月
118 逆風の街（徳間書店）2003年12月（徳間文庫）2006年6月
119 ST―黄の調査ファイル（講談社ノベルス）2004年1月（講談社文庫）2006年11月
120 パラレル（中央公論新社）2004年4月（中公文庫）2006年5月
121 半夏生（角川春樹事務所）2004年7月（ハルキ文庫）2009年2月
122 とせい（実業之日本社）2004年11月（中公文庫）2007年11月
123 ST―緑の調査ファイル（講談社ノベルス）2005年1月（講談社文庫）2007年2月
124 義珍の拳（集英社）2005年3月（集英社文庫）2009年5月
125 ST―黒の調査ファイル（講談社ノベルス）2005年8月（講談社文庫）2007年5月
126 隠蔽捜査（新潮社）2005年9月（新潮文庫）2008年2月
127 提督たちの大和　小説　伊藤整一（ハルキ文庫）2005年12月

128 宇宙海兵隊ギガース4（講談社ノベルス）2006年5月
129 ST―為朝伝説殺人ファイル（講談社ノベルス）2006年7月
130 白夜街道（文藝春秋）2006年7月（文春文庫）2008年11月
131 膠着（中央公論新社）2006年10月
132 果断―隠蔽捜査2（新潮社）2007年4月
133 花水木―東京湾臨海署安積班（角川春樹事務所）2007年9月（ハルキ文庫）2009年4月
134 任侠学園（実業之日本社）2007年9月
135 ST―桃太郎伝説殺人ファイル（講談社ノベルス）2007年12月
136 TOKAGE―特殊遊撃捜査隊（朝日新聞社）2008年1月
137 ティターンズの旗のもとに―Advance of Z（メディア・ワークス）2008年4月
138 宇宙海兵隊ギガース5（講談社ノベルス）2008年5月
139 琉球空手、ばか一代（集英社文庫）2008年5月
140 心霊特捜（双葉社）2008年8月
141 疑心―隠蔽捜査3（新潮社）2009年3月
142 武士猿（集英社）2009年5月
143 怪物が街にやってくる（朝日新聞出版）2009年6月

Haruki Bunko
ハルキ文庫

こ 3-28

安積班読本《あずみはんどくほん》

著・監修 今野《こんの》敏《びん》

2009年7月8日 第一刷発行

発行者 大杉明彦

発行所 株式会社角川春樹事務所
〒101-0051東京都千代田区神田神保町3-27二葉第1ビル

電話 03(3263)5247(編集)
03(3263)5881(営業)

印刷・製本 中央精版印刷株式会社

フォーマット・デザイン 芦澤泰偉
表紙イラストレーション 門坂 流

ISBN978-4-7584-3419-5 C0193 ©2009 Bin Konno Printed in Japan
http://www.kadokawaharuki.co.jp/[営業]
fanmail@kadokawaharuki.co.jp[編集] ご意見・ご感想をお寄せください。